靜觀親職

在充滿事務的世界中，尋找存在的空間

Mindful Parenting:

Finding Space To Be - In a World of To Do

Susan Bögels

作者　蘇珊・博格斯
翻譯　凌悅雯
出版　新生精神康復會

「為您展示世界的模樣，使我的生命充滿價值。」
——卡爾・奧韋・諾斯加德給未來女兒的信

"Showing you the world,
makes my life worth living."

Karl Ove Knausgård, Letter to an unborn daughter

目錄

序一

香港教育大學社會科學系高級講師劉雅詩博士

「靜修是關於淨化心意，釋放空間予更美好、更清澈、更純潔的東西。」

——Tenzin Palmo

首次認識蘇珊．博格斯（Susan Bögels）教授是2018年，她到訪香港中文大學醫學院親自教授五天MYmind培訓課程——為特殊教育需要孩子和家長而設計的課程，我有幸成為學員。同年7月在荷蘭出席國際靜觀研討會（International Mindfulness Conference），蘇珊是主辦者之一。我所認識的蘇珊是一位成功又親切的心理學家、科學家和學者。

在《靜觀親職》裡，出乎意料作者蘇珊卻以一位雙職和單親母親的視角，分享作為家長角色各種苦與樂經驗，例如曾經生氣地責罵六歲兒子和向他尖叫，兒子十七歲時要到印度旅行時作者學習放手的心路旅程。作者也反思了自己孩童時的經歷，例如童年時母親忙於工作而未能烹調美味晚餐的遺憾。

書中沒有過多抽象高深理論，作者以「非常貼地」的方式在每一章節主題分享真人真事、案例分析、科研結果以及實用的靜觀方法，例如鼓勵讀者先成為自己的父母，以慈心照顧好自己的身心；又例如，跟孩子或伴侶衝突後修補破裂的關係的方法，學習不迴避自己生氣的感受，聯繫對方的憤怒和沮喪以及道歉；如何訂立界線，避免以控制性方式跟孩子溝通，以及坦承面對內疚、羞恥恐懼憤怒等，以仁慈、輕鬆和平等心面對孩子的行為問題。

我一邊閱讀《靜觀親職》，腦海一邊回顧孩童經歷，一邊回想當初在中學為人師表的片段，終於明白為何我會因為學生未能達致我所期待的要求而感到生氣。老師在學校照顧孩子，某程度上分擔了其父母的部份責任。我回顧在家庭裡作為「大家姐」的角色，被期待承擔處理家務和照顧弟弟們的責任，因而形成了「要求高家長」和「失望孩子」模式。作者在第十章指出「在親職中，我們會感受和體驗孩子的感受和經歷，同時重新經驗自己的童年和如何被養育。」在跟孩子相處時，可能會出現童年時與父母或其他對象的經歷，即是情緒可能激發「憤怒孩子」、「內在小孩」或「內化家長」模式而作出反應，因此需要學習覺察自己的基模（schema）。

寂靜（silence）在生活中經常被忽視，但是寂靜是一個促進靈性成長的有效工具。在這個「多重任務」和令人精神散亂的年代，處於兒童和青少年階段的學生可能會經歷各種脆弱的情況，帶來成長的挑戰，這本書的內容和靜觀練習非常適合教育工作者，家長、老師、社工、從事教育相關專業人士、照顧者，以及任何希望認識自己的朋友們閱讀和嘗試實踐。

我誠意邀請您們透過閱讀這本書，踏上這個具意義的自我探索之旅，回望成長經歷，學習再次跟內在小孩連繫（connect），瞭解如何以「健康成人」模式照顧自己，繼續成長，並跟過去、現在和未來所愛的人再次連繫，成為未來孩子的貴人！

序二

香港中文大學敬霆靜觀研究與培訓中心總監、
賽馬會公共衛生及基層醫療學院院長、
醫學院副院長（教育）黃仰山教授

有人說，幸福的童年治癒一生，不幸的童年需要一生去治癒。當我們好好善待孩子，孩子就會善待自己，長大後也就會善待他人。當每一個孩子都得到善待，那麼這個世界就和平美好了。靜觀親職，可能是實現這一世界和平美好願望的其中一個重要途徑。

靜觀是「有意識地、不加批評地、留心當下此刻而升起的覺察」。靜觀的技巧源於佛法，但本質是關於生活的智慧。近四十年來，靜觀已經被廣泛運用於醫療、教育及工作環境。研究發現靜觀有多種益處，包括降低焦慮、抑鬱和壓力水平，改善失眠、痛症、專注力，增加同理心和親社會行為等等。將靜觀融入生活中，可給個人身心社靈健康帶來整體的改善。

研究發現，靜觀親職也可改善家長和孩子雙方的情況，如降低壓力、焦慮、抑鬱，改善專注力和行為問題等。靜觀親職，是使用靜觀的方法來覺察我們的孩子、家庭和所處的環境，讓家長更加活在當下、全身心的聆聽孩子，覺察孩子的獨特性、感受和需要，並瞭解自己的衝動反應，學習以更有洞見和善良的方式回應孩子，並且接納孩子。在此過程中，家長會感受和體驗孩子的感受和經歷，也會嘗試重新經歷自己的童年，瞭解自己是如何被養育長大的，從而學習瞭解自己的「內在小孩模式」或「內化家長模式」的來源。

靜觀親職是一項終身事業，當您不斷練習，也許會發現，您和孩子、他人以及環境的關係，其實是您和內在小孩關係的鏡像。很多人內心隱藏著很多自童年開始就未被滿足的需求，比如未被父母看見、肯定和尊重，也沒有得到父母無條件的愛與支持等。從而內化表現出種種不良狀態和身心健康問題，以及對待自己孩子的無意識衝動反應。當您清楚的瞭解了自己的「內在小孩模式」或「內化家長模式」的來源，也許就是重新發現自己、治癒自己、開始自己人生、善養孩子的開始。

但做到靜觀親職不是一朝一夕的過程，因此，如書中所說，剛開始的時候，不要對自己要求太高，放開對練習的任何期望，不一定要自己一定要享受練習或從中獲得甚麼實際成果。但只要開始思考和練習，也已經是踏上了重要而有幫助的一步。

這本書結合了Prof Susan Bögels二十多年來教授靜觀親職有關的經驗以及靜觀親職有關的研究結果，並附有一系列靜觀親職有關的練習。相信無論是父母、祖父母、社會大眾，甚至老師或心理輔導師等專業人士，都可以從書中獲得豐富的收穫。這本書既可幫助家長，也可讓孩子們——我們的未來，獲得能夠治癒一生的幸福童年。在目前競爭激烈、壓力巨大、不斷變化的社會中，這尤為需要。

前言

從科學、臨床工作以及個人生活中的經驗，我接觸到靜觀親職。作為學者，我曾研究專注力在社交焦慮和臉紅等問題中所擔當的角色①。每當我們在社交環境中感到緊張或尷尬時，也許是因為我們正在與一位有吸引力、或在專業上值得敬佩的人士交談，我們傾向以對方的眼光看待自己，擔心他們會怎樣看自己。這樣卻令我們忘記了當下的互動，被自己的念頭所纏繞。如果這些念頭是負面的，這只會令我們更加緊張和害羞，例如：使臉龐真的變得通紅，從而令我們更加擔心。

我和我的研究團隊發展了一套名為「任務注意力訓練」（Task Concentration Training, TCT）的療法。患有社交焦慮和害怕臉紅的人，可以透過此療法學習覺察在社交場合中，自己的注意力集中在哪裡，並重新轉移至更健康的方向。當我們於1997年發表第一篇TCT研究結果的論文時[2]，艾薩克．馬克斯（Isaac Marks）教授從英國寄了一封信給我，並問到：「這不就和靜觀一樣嗎？」。當時我並不知道甚麼是靜觀，但為了在我欣賞的學者面前別顯得無知，於是我開始研究有關靜觀的文獻。結果，我迷上了靜觀，我甚至決定參加一個內觀小組，並開始修習靜觀。

我邀請了馬克．威廉斯（Mark Williams）教授為我和我的同事提供靜觀訓練。他是「靜觀認知治療」（Mindfulness Based Cognitive Therapy, MBCT）的主要開發者之一，而這治療是針對改善抑鬱症[3]的。在成人和兒童精神保健中心的職員均有參與此訓練。我們本已計劃在成人中心研究靜觀對社交焦慮的影響[4]，但兒童中心的職員在接受訓練後也有興趣研究靜觀。於是，我們在2000年開展一項關於靜觀的先導研究，針對有專注力問題的年青人，例如：專注力失調／過度活躍症、自閉症及行為失調。由於這些年青人大多與父母同住，「並行教導」父母有關靜觀的原理便顯得非常重要，因此我們開辦了「靜觀親職」課程。這個綜合方法有助舒緩／改善問題，也顯著改善了年青人對注意力的控制[5]。家長表示他們更能成功地實踐「與孩子設立底線」和「改善睡眠」這些目標，並表示若能更早接觸這個課程便好了。

這就是我們發展「靜觀親職」作為一個獨立訓練小組的原因。我和喬克．赫勒曼斯（Joke Hellemans）在2008年合辦了第一次訓練，參加者主要是因為孩子自身的某些問題、自己未能健康地進行教養的問題，又或是和孩子的關係出現問題而被轉介至我們診所。因為家長的角色永無止境，所以孩子的年齡由嬰兒至成年人不等。

首十組參加者的數據顯示，小組似乎有效地減低家長的親職壓力、改善親職技巧，並減少家長和孩子雙方的焦慮、抑鬱、專注力和行為問題⑥。而另外十組的研究顯示，家長越能改善靜觀教養，孩子的症狀會越少⑦。而且，我們也證明了，課程對於未曾被轉介至專業精神健康服務的家長和孩子同樣有效⑧。最後，我們發現，家長在親職中某些範疇的進步跟孩子特定問題（例如：焦慮，抑鬱，專注力問題）的進步有關聯⑨。

2014年，我和另一位學者為精神健康工作者出版了一本以臨床和科學角度出發的靜觀親職書籍⑩。您正在閱讀的這本書，除了內容更新外，還以更容易閱讀的方法來撰寫，讓家長和其他尋找教養方法的人，可以從理論和練習中學習靜觀親職。這本書的內容結合了我二十多年來教授靜觀親職的經驗，以及我和其他學者在專注力對孩子的發展和健康影響方面的科研知識。同時，這本書啟發自我的個人經歷，例如：我是如何被教養；我如何教養子女；我在培訓、退修、以及家中練習靜觀和冥想的經驗。

無論您是父母、未來父母、繼父母、養父母、祖父母、照顧者，或者單純想學習更多關於靜觀和如何用之於親職和其他人際關係上，我都希望您能找到這本書的價值。當您讀畢這本書後，我希望您得到最重要的領悟是：您和環境的關係，其實是您和內在小孩關係的鏡像。願您的內在小孩，以及您生命中的過去、現在和將來所愛的人和孩子，都能夠從中獲益。

① Bögels, S. M., Rijsemus, W., & De Jong, P. J. (2002). Self-focused attention and social anxiety: The effects of experimentally heightened self-awareness on fear, blushing, cognitions, and social skills. Cognitive Therapy and Research, 26, 461-472.

Bögels, S. M., Alberts, M., & de Jong, P. J. (1996). Self-consciousness, self-focused attention, blushing propensity and fear of blushing. Personality and Individual Differences, 21, 573-581.

Bögels, S. M., & Lamers, C. T. J. (2002). The causal role of self-awareness in blushing-anxious, socially-anxious and social phobics individuals. Behaviour Research and Therapy, 40, 1367-1384.

② Bögels, S. M., Mulkens, S., & De Jong, P. J. (1997). Practitioner task concentration report training and fear of blushing. Clinical Psychology and Psychotherapy, 4, 251-258.

③ Segal, Z. V., Williams, J. M. G., & Teasdale, J. D. (2012). Mindfulness-based cognitive therapy for depression. New York: Guilford Press.

④ Bögels, S. M., Sijbers, G. F. V. M., & Voncken, M. (2006). Mindfulness and task concentration training for social phobia: A pilot study. Journal of Cognitive Psychotherapy, 20, 33.

⑤ Bögels, S., Hoogstad, B., van Dun, L., de Schutter, S., & Restifo, K. (2008). Mindfulness training for adolescents with externalizing disorders and their parents. Behavioural and Cognitive Psychotherapy, 36, 193-209.

⑥ Bögels, S. M., Hellemans, J., van Deursen, S., Römer, M., & van der Meulen, R. (2014). Mindful parenting in mental health care: effects on parental and child psychopathology, parental stress, parenting, coparenting, and marital functioning. Mindfulness, 5, 536-551.

⑦ Meppelink, R., de Bruin, E. I., Wanders-Mulder, F. H., Vennik, C. J., & Bögels, S. M. (2016). Mindful parenting training in child psychiatric settings: heightened parental mindfulness reduces parents ' and children ' s psychopathology. Mindfulness, 7, 680-689.

⑧ Potharst, E. S., Baartmans, J.M.D., & Bögels, S.M. (2018). Mindful parenting in a clinical versus non-clinical setting: An explorative study. Mindfulness, 1-15.

⑨ Emerson, L. M., Aktar, E., de Bruin, E., Potharst, E., & Bögels, S. (2019). Mindful Parenting in Secondary Child Mental Health: Key Parenting Predictors of Treatment Effects. Mindfulness, 1-11.

⑩ Bögels, S., & Restifo, K. (2014). Mindful parenting: A guide for mental health practitioners. New York: Springer, Norton.

引言

我成長的時期，正是荷蘭女性會因為結婚而被辭退的年代。但我的母親有五個孩子，同時是一位全職藝術家和時裝設計師，也有著豐富的社交生活和許多興趣。每天放學回家，迎接我們的不是母親，而是我們的保姆。如果有任何人致電給母親，我們會請他六時後再打電話過來，屆時母親便會回家和準備我們的晚餐。作為小孩的我，對於每天都要等候母親回家並沒有太大的困擾，我只是困惑為何她總是匆匆忙忙，以及為何晚餐不是不太美味就是煮得太熟了。

身為母親，我也一直為這個雙重議題而掙扎——我在工作上的熱情，以及與孩子身心同在的願望。我在接受心理學家的訓練期間懷上了第一個孩子。當時我們每位學生都會被問及自己的成長經歷，輪到我回答的時候，其他同學問我：「您的教養方式會和您媽媽的有很大不同嗎？」我十分驚訝，因為我正想和我媽媽一模一樣——同時應付工作、孩子和其他興趣。我希望有充實的生活，或者正如靜觀在西方的創辦人喬・卡巴金（John Kabat-Zinn）所稱：「充滿災難的人生」[1]！

數年後，在我剛成立家室，而事業亦嶄露頭角的時候，我發現了靜觀。起初，我在浸浴的時候靜觀，這樣我仍然可以同時完成一些日常活動。又或是在練習瑜伽時靜觀，這樣我便可以同時進行靜觀和運動。我發現很難讓自己無所事事。單單花時間在覺察身體的感覺、留意我的思想、傾聽環境中的寧靜和覺察當下一刻是很難的。對我來說，在家中只待在孩子身邊、觀察和聆聽他們，並且關心他們的生活，這種「甚麼也不做」的模式似乎更容易實踐。在那些時候，除了留在他們身旁，我感覺到不再需要做些別的甚麼。

不久以後，當我在努力練習靜觀時，手頭上卻有很多工作未完成，又或是身邊有很多比留意自己更有趣的事物。這些經驗令我大大覺察到自己作為母親的身份，也覺察到我的孩子以及和他們相處的寶貴時間。

而靜觀親職究竟是甚麼？

首先，讓我們看看「親職」（parenting）的意思，它並非單單指「撫養」和「養育」。雖然，這三個詞語都包含提供住宿和營養，但只有「親職」一詞更全面表達為人父母的職責，就是讓子女學會在身體上和精神上獨立生活。而且，只有這種為人父母的職責才毋容置疑地令人感到費力和擔憂。正因如此，讓孩子發展成社會上有貢獻的一員令我們充滿壓力，尤其是親職壓力。

親職壓力由不同因素造成，包括家長心中的各種疑問：「我的孩子會否健康成長？」、「她會找到一份好工作嗎？」、「他會幸福嗎？」，還有各種與親職相關和其他必須完成的任務，以及一籃子可能的其他因素。這些壓力會令我們的視野變得狹隘、破壞親職所帶來的樂趣，甚至令我們變得衝動、難以預計和擔驚受怕。親職壓力會影響家庭環境，甚至在孩子仍在母腹中時已開始影響著他們②。

那麼，既然我們已經對親職有基本瞭解，究竟甚麼是靜觀親職呢？

喬．卡巴金（Jon Kabat-Zinn）將靜觀定義為「有意識地、不加批評地、留心當下此刻而升起的覺察」。他開發了靜觀為本的減壓課程（Mindfulness Based Stress Reduction）③，此方法可幫助人們在短時間內大幅減輕壓力並改善生活質素。1998年，他和妻子米拉（Mila）出版了《每天的祝福：靜觀親職的內在工作》。據我所知，這是「靜觀親職」一詞第一次出現③。當凱瑟琳．雷斯蒂福

（Kathleen Restifo）和我於2013年撰寫《靜觀親職：精神健康從業者指南》[4]時，喬和米拉為我們重新定義了靜觀親職一詞[5]：

「靜觀親職是一個持續的創造過程，而不是終點。它指出我們盡可能有意識地、不加批判地覺察每個時刻。這包括覺察我們內在的風景：思想、情感和身體感覺；以及外在的風景：我們的孩子、家庭、住屋和我們所身處的文化背景。這是持續不斷的練習，讓我們在以下方面有所成長：(1)更察覺孩子的獨特性、感受和需要；(2)更能活在當下和全心全意地聆聽；(3)無論事物是愉悅還是不愉悅的，認清和接納它們每一刻原來的模樣；(4)認識到自己衝動的反應，並學會以更清晰和善良的方式作適當和富有想像力的回應。」

本書共有十一章，內容包括喬和米拉為靜觀親職定義的各個面向。我建議您視之為自助課程，每週閱讀一章並進行相關練習，方法當然取決於您。若您選擇使用此書，請不要像我最初那樣誤以為閱讀靜觀就等同練習靜觀。只有通過練習靜觀和在生活中實踐靜觀的原則，知識才真正屬於您。個人體驗是不可或缺的，所以不要只在腦海中想著靜觀親職，請嘗試實際練習！靜心去閱讀每一章，有意識地、不加批評地、留心當下此刻，用足夠的時間去閱讀，不要草草了事。

每篇文章都以該週的一系列練習結尾。有些練習附有聲音導航，購買此書的讀者可從www.pavpub.com/mindful-parenting-resources（中文版下載連結：https://bit.ly/3vb0XKm）下載聲音導航。一般在練習後，我會建議您在筆記簿記錄您的經驗。無論您是用手寫筆記簿或電腦作記錄，我也建議您視之為日記而保留，隨著時間的流逝，它將成為您靜觀體會和歷程的獨特記錄，讓自己隨時翻閱。

最重要的是，請您放開對練習的任何期望，無需要認為一定要享受練習或從中有甚麼實際成果，才是踏上旅程中重要而有幫助的一步。靜觀親職，就像日常親職一樣，本身的經驗才是最重要的！

① Kabat-Zinn, J. (2013). Full catastrophe living, revised edition: how to cope with stress, pain and illness using mindfulness meditation. Londen: Hachette UK.

② Kabat-Zinn, J. MBSR..

③ Kabat-Zinn, M. & Kabat-Zinn, J. (1998; 2014) Everyday blessings: The inner work of mindful parenting. Londen Hachette UK.

④ Bögels, S., & Restifo, K. (2014). Mindful parenting: A guide for mental health practitioners. New York: Springer, Norton.

⑤ Kabat-Zinn, M. & Kabat-Zinn, J. (2012). p.c., sept.

①

第一章

靜觀親職：沒有偏見或批判的同在

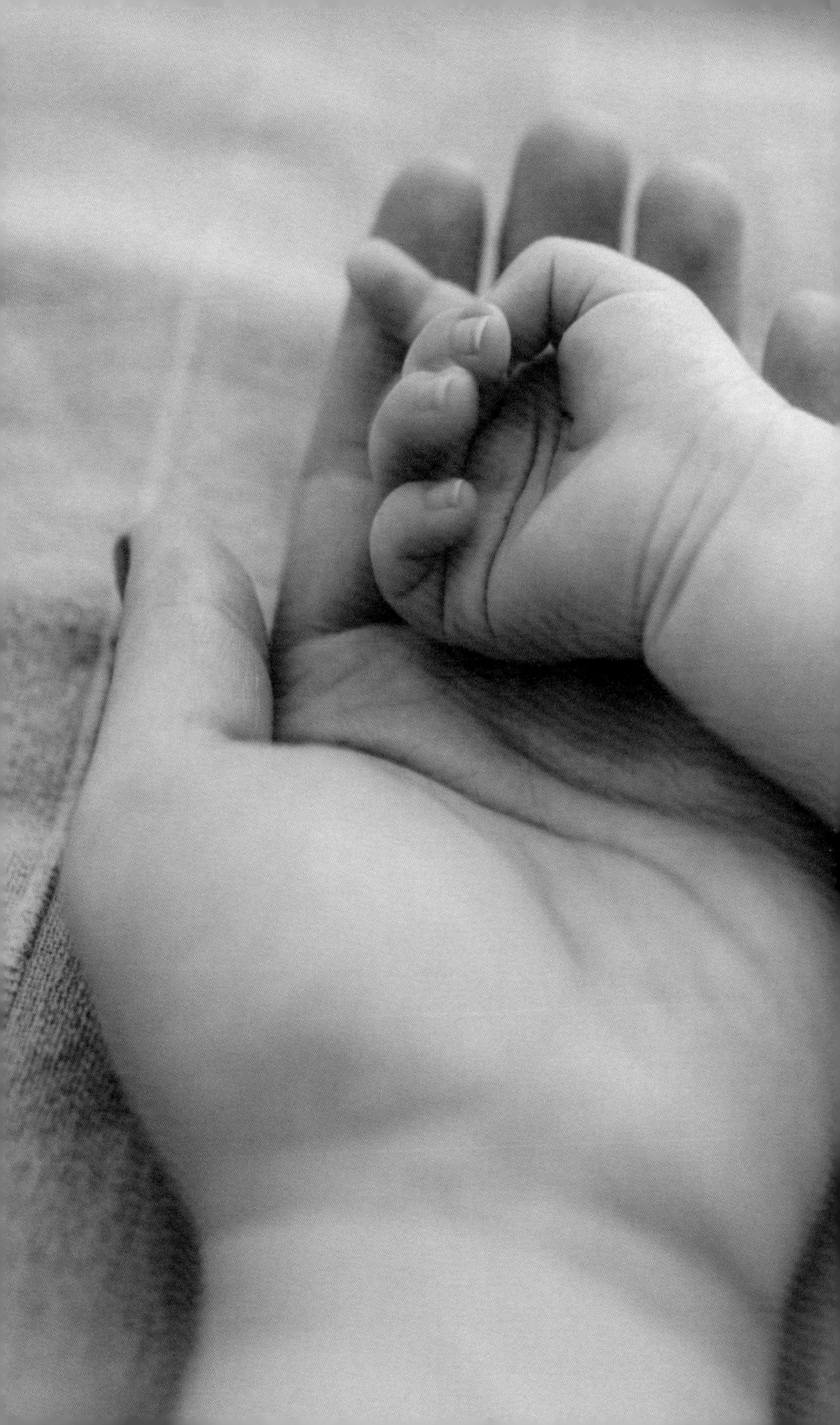

「唯有全心專注，才能留住事物。」

"Nothing will stay with us
if we don't give it our full attention."

在我們所有的無償工作中，無論是感覺上或實際上，親職活動都是花費我們大多數人最多時間和精力的一項工作。同時，不順心的時候，也是讓我們最擔心和談論得最多的一個議題。研究顯示，父母與孩子相處的時間正在增加。在1965年，母親平均每週與子女共處10.5小時，父親則平均共處2.6小時。到2010年，母親的平均時數增加至13.7小時，父親的平均時數增加至7.2小時①。在時間分配上，母親每天花兩小時在所有孩子身上，而父親則每天花一小時。順帶一提，在同一時期，母親花在有薪工作上的時間急劇增加，而父親的工作時間也沒有減少。問題是，家長如何騰出額外的時間？

雖然時間是專注的必要條件，但並不足夠。在這類研究中，有一個從未向父母提出的問題是：在每天與孩子相處的時間中，究竟他們的專注力有多少分鐘是真正集中在孩子身上？

想像一下：孩子放學回家，您問他們這天過得怎樣，在這熱烈卻漫長的對答中，您的思想會飄走到其他事物上：您需要回覆的電子郵件、需要購買的東西以及快將要接另一

① Bianchi, S.M. (2000). Maternal employment and time with children: Dramatic change or surprising continuity? Demography, 37, 401-414.

個孩子回家。您點著頭、微笑，甚至回應孩子說：「太好了，做得好！」。但是，正因為您沒有全神貫注，您並沒有真正理解是甚麼讓他們今天過得如此的特別，也無法真正分享他們的快樂。如果幸運的話，您的孩子會發現：「您不是真的在聆聽！我已經告訴過您……您沒有聽到我說話嗎？」

連哈德·瓦倫丁（Lienhard Valentin）是一位熱衷於靜觀和親職的作者和出版商[2]，他邀請我到德國帶領靜觀親職的課程。當時，他讓我觀看一段匈牙利孤兒院的影片，內容是當地接受過靜觀訓練的照顧者，以靜觀的方法撫養被父母遺棄的嬰兒[3]。當地的照顧者給予每位孩子的時間並不比其他孤兒院多。由於他們受過訓練，例如，當他們更換嬰兒的尿片時，會將注意力完全集中在該嬰兒上，而暫時忽略其他嬰兒及其哭泣。

我們觀察到一位照顧者和一位因早產和創傷而導致有嚴重發育問題的嬰兒之間的互動。當中，那嬰兒難以醒來，而且反應遲鈍，幾乎沒有表示她想要甚麼或不想要甚麼。照顧者是一個高度「集中」的人：她的舉止冷靜，充滿愛心和專注，她深深相信自己，同時明白眼前這位脆弱、易受傷害、並完全依靠他人照顧的小生命交托在她身上。她透過語言和非語言表達去說明她的所有行為，幾乎讓您可以感覺到她的手撫摸著嬰兒的臉頰。她全神貫注地看著和聆聽著那位嬰兒，無論是多麼微弱的訊息，她都一一作出回應。她完全沒有理會其他不斷哭泣的嬰兒，就像在這個特定的時刻與這位特定的孩子完全融合在一起。

然後，我們看到了同一位照顧者，替一位年紀稍為大一點的男孩穿衣服，她再一次帶著相同的、無條件的、和充滿愛心的專注力，在這個特定的時刻與這位特定的孩子完全融合在一起。無論男孩的行為與穿衣服是否有關，她都專心地回應男孩的所有行為。於是，穿衣服的過程所花費的時間，恰如男孩本來所需要的時間，因為這是男孩和照顧者的獨處時間。她有兩件毛衣讓他選擇，再一次給予他空間，然後在選擇過程中瞭解他是如何選擇的，就像在遊戲一樣，指著一件又指向另一件。看著這影片，我沒有絲毫不耐煩的感覺。時間似乎就在照顧者和男孩分享著穿衣服的經歷中凝固了。透過照顧者與男孩互動和共同專注於當下一刻，您可以感受到照顧者信任孩子最終會穿上衣服，就像其後的其他孩子一樣。

② Valentin, L., & Kunze, P. (2010). Die Kunst, gelassen zu erziehen: Buddhistische Weisheit für den Familienalltag. Munchen: Gräfe und Unzer.

③ [Eisi4] (2009, june 15). Pflege I-1: LOCZY – Wo kleine Menschen groβ werden [Video file]. Verkregen van: https://www.youtube.com/watch?v=AG7MUM_d32I

當父母和孩子
共同注視某些東西，
這會幫助孩子專心。

儘管聽到其他孩子在背景的哭聲，當我在觀看影片的時候，我還是感受到那深深的平靜和沉默。雖然其他孩子不得不等待，但他們每個人都知道，他們也將得到照顧者給予全神貫注的時刻，因此得以自我安撫。這些短暫卻全心專注的互動，讓這批孩子得以治療他們的創傷。

孩子會透過父母和其他照顧者對自己的關注而瞭解自我，這也被稱為「鏡像」（mirroring）[4]。父母會無意識地模仿嬰兒的面部表情。他們非常仔細地閱讀孩子的面部表情，並專心地理解他們的一舉一動，試圖明白心肝寶貝的需要。父母和其他專業照顧者的關注就如食物和氧氣一樣，對發育中孩子的生命甚為重要。通過這些關注，嬰兒學會體驗到自我為一個整體。這些關注不但讓孩子學習感覺到自己中心和自我，更會形成他們與外界互動的起始點。在吸收各種新印象後，或其他人沒有時間關注自己時（特別是孤兒院裡的嬰兒），會反過來成為回饋點。所謂與自己同在的「集中」，所指的是一種通過靜觀、以及與父母（或照顧者）之間專注的互動所培養的態度。

孩子們會嘗試通過用手指比劃或說出「看！」、「聽！」、「碰！」、「嚐！」等來吸引父母注意他們所留意到的事物，這就是一個稱為共同注視（joint attention）的過程。此過程是健康成長的重要指標。有發現指，患有自閉症、抑鬱和/或被忽視的兒童，會較遲和較少出現共同關注的行為⑤。當父母和孩子共同注視某些東西，這會幫助孩子專心。當父母真正專注於某些事情時，會讓孩子明白此事的重要性。因此，在父母的鼓勵下，孩子會更仔細地、花更長時間或更頻密地觀察。而當父母沒有作出「鏡像」行為時，則會產生相反

④ Fonagy, P., Gergely, G., & Jurist, E. L. (Eds.). (2004). Affect regulation, mentalization and the development of the self. Londen: Karnac books.
⑤ Frith, U. (1991). Asperger and his syndrome. Autism and Asperger syndrome, 14, 1-36.

效果。這是指父母不太關注孩子的感受、說話和行為，並且未能看到或只是片面地看到孩子所指出的東西。孩子因而可能難以發展自我意識，或無法完全體驗到自我作為一個整體。孩子於是較少與自己同在，較少及較難對事物保持專注，只可膚淺地專注。

與其他物種相比，要達至可以獨立生存而無須父母照顧的程度，人類的孩子花費最長時間。這與嬰兒顱骨的大小，即腦袋的大小有關，尤其是腦額葉是將我們與其他動物區分開來的部分。要長出如此大的顱骨，從發展的角度來看，嬰兒必須早於在他們能夠走路、進食、保護自己之前就已經出世。因此，撫養一個人類孩子需要花費大量精力。我們是進化的父母[6]：我們養育孩子的方式受到物競天擇的影響，因此只要是能夠增加孩子長大成人機會的教養策略，就有機會傳給下一代。在我們進化的歷史上，初生嬰兒需要母親頻繁且長時間地餵養，容易受到外界攻擊的母親和嬰兒因此需要依賴父親、祖父母、兄弟姊妹和更廣泛社區的保護和糧食。這就是為甚麼我們要集體一起養育孩子，也是諺語「養活一個孩子需要一個村莊的力量」的由來。

在當代社會中，這種集體撫養孩子的方式所剩無幾。我們傾向於居住在核心家庭而不是集體家庭。特別是在城市中，社會的凝聚力和掌控感越來越少。父母在工作期間，照顧孩子的任務多由日間專業托管人員或受薪保姆擔任，而非祖父母、其他家庭成員、朋友或鄰居。

由於照料孩子涉及很多事情，因此有可能變成一連串待辦事項的清單。我們很容易在無需用到我們全部注意力的情況下，便快速地處理掉所有事務。這種操作方式有時被稱為「行動模式」(doing mode)⑦，在此狀態下，我們的心思放在解決問題及完成工作上，並留意到有甚麼已完成工作和待辦工作。「行動模式」讓我們有效地執行熟悉的任務，而不需要太多有意識的察覺，例如：餵養孩子、打掃家居和乘車上班。在「行動模式」下，我們通常處於自動導航狀態，亦即是我們的預設模式。通常念頭總是比此時此刻更佔據我們，例如，在開車上班時，您已在考慮計劃這一天的行程；或者在您送孩子上學時，已經在考慮誰來接放學。父母和學校都將這種「行動模式」從小灌輸給孩子：「快點，否則您會遲到！如果您完成功課，就可以吃雪糕。別吵了！」

⑥ Bögels, S. M., & Restifo, K. (2014). Mindful parenting: A guide for mental health practitioners. New York: Springer, Norton. Chapter 2: Evolutionary perspectives on parenting and parenting stress.

⑦ Segal, Z. V., Williams, J. M. G., & Teasdale, J. D. (2012). Mindfulness-based cognitive therapy for depression. New York: Guilford Press.

但是，還有另一種模式，是每個人天生就擁有的模式——「同在模式」(being mode)。處於「同在模式」時，我們連結現在，我們可以在這個特定的時刻體驗事物，並且可以讓事物保持原本的模樣。我們變得學會接納，並以開放的態度面對無論是自己或是他人的愉悅、中性和不愉悅的感覺。我們不試圖改變我們的體驗，而且我們會感到安定、平靜和集中。從本質而言，兒童是常常處於「同在模式」的。步行去學校時，他們不會考慮時間或目的地，反而會停下來看看花朵或跳踏水坑，他們都專注於此地此刻。

自從我學習到這兩種心態後，我養成了一個習慣：每當我在黃色便條紙上寫上一個「待辦事項清單」時，我也會在粉紅色或藍色便條紙上寫下一個「同在事項清單」，以提醒自己生活到底是甚麼。不要誤會我的意思，完成工作並勾選「待辦事項清單」，確實可以激活大腦中的獎勵為本元素，從而發揮重要作用。每次勾選一項任務時，您都會自動獎勵自己：做得好！但更重要的是，在「行動模式」和「同在模式」之間找到平衡，好讓我們執行任務和達成目標。

同在事項清單

同在模式

平靜
專注
耐心
接觸和共處
享受當下一刻

待辦事項清單

行動模式

買一份生日禮物給 Jack
帶 Eva 去游泳
致電學校查詢遺失功課的事宜
請 Lucy 留下來陪伴 Anna
幫 Lucy 整理好袋子
和 Jack 一起焗蛋糕帶回學校

親職似乎已經成為生命中的一個待辦事項，一項從美感、教育、成績和社交技能等都必須有義務去獲得成功的事。我們將自己的孩子和其他在這些方面做得更好的孩子去比較。我們也受到雜誌的影響，它們展示了聖誕節假期間幸福的家庭在一起進餐的照片——每個人都在微笑，有著美麗、苗條的身型、完美的髮型和妝容，他們坐在明亮整潔的房子裡，在完美裝飾的餐桌上擺放著精美的食物。

回想起我童年時家裡的聖誕節晚餐，我有的是另一種回憶。因為太遲放入焗爐而未烤熟的火雞終於能夠被端到桌上時，我父親從火雞裡拉出了一個載滿內臟且融化了的塑料袋——這似乎並不像是一個笑話。因為孩子們在吵架或咯咯地笑，父親把我們五個人逐個送到樓上。沒有我們，只有父母兩人留在聖誕節的餐桌上。我想這是一頓非常不快的晚餐。毫無疑問，他們對聖誕節晚餐有既定的概念和期望——應該有怎樣的喜慶氣氛、火雞應該是怎樣的味道、處理火雞應該是誰的責任、以及孩子的表現應該如何等。

節日期間，我的父母顯然處於「行動模式」的狀態，經歷了期望和現實之間的落差。小時候，我記得自己感到緊張和恐懼，擔心事情會出錯和之後的孤獨感。可是，如果我的父母參加了靜觀親職課程並學習到「同在模式」，會否有甚麼不同？他們能否看到那張餐桌上坐滿正在爭吵的孩子、那隻內部有著融化的塑料而未烤熟的火雞、他們對彼此未實現的期望以及自己的缺點，並放棄嘗試改變已為事實的現況？

假如我的母親專心地烹製火雞，並且覺察到她需要丈夫和孩子的幫助，那會發生甚麼事呢？或者，如果我父親以真實和開放的心去留意我母親，知道她喜歡畫畫勝於烹飪；瞭解她為了照顧五個孩子的勞累，加上全職工作和忙碌的社交生活，他會否非常樂意的為妻子把火雞先放在焗爐裡？

對我來說，復活節的回憶是相對美好的。根據我波蘭籍的曾祖母流傳下來的習俗，母親會跟我們一起裝飾復活蛋。我還記得蠟筆熔化的氣味，然後我們如何利用這些蠟筆在雞蛋那圓滑的表面上繪製圖案。我們先把雞蛋浸在不同顏色的顏料裡，然後滿心歡喜地在我們塗蠟的白線上繪畫。然後，是香醋浴的味道。最後，用牛油將雞蛋的表面塗至亮光。直到現在，我仍然依此習俗，在每一個復活節和我的子女裝飾復活蛋。

在親職和家庭生活中，「同在模式」指我們如實地看待我們的子女、伴侶和自己，而不企圖改變甚麼。我們可以透過天氣，簡單地實踐這種態度。每天早上離家時，我們無法控制外面的天氣。與其嘗試與當前的天氣對抗（例如，在下雨、刮風或寒冷的時候垂頭喪氣），我們可以對這天出現的這種天氣培養開放和接納的態度。不如感覺一下臉上的雨水、頭頂吹過的陣風、皮膚的冰冷感覺？我們可以去經驗當下的天氣，完全放開任何應該要有所不同的想法。

某次，在荷蘭北岸附近一個島上露營的假期當中，有一個極好的機會讓我去練習這種態度。經過好幾天的惡劣天氣之後，我經常在淋浴間聽到父母告訴他們的子女：「明年我們將去法國南部！」在那時候，他們的心神已經

與其嘗試與當前的天氣對抗，我們可以對這天出現的這種天氣培養開放和接納的態度。

不再在這個假期當中，而是在計劃下一個更好的假期。但是，孩子們並不是這樣想的：他們同樣經驗當下的天氣，當外面太濕或帳篷太冷的時候，他們就走進淋浴房裡玩耍。作為成年人的我們也可以向孩子學習！

認知心理學家就偏見進行過大量研究，偏見是指對事實先入為主或扭曲的詮釋[8]。我們思想的運作模式令偏見持續。一旦我們對現況有了某種想法（如：「我不能寫作」），我們就會選擇性地注意那些似乎證實了這想法的事件或信息（如：「我在那篇論文得了一個不好的分數」），而忽略了其他不能確認此想法甚至矛盾的信息（如：「那分數是由於拼寫不佳」、「學校要求我為雜誌寫文」）。我們以這種方式認定自己的身份，而剝奪自己發展的空間。然而，我們並不只對自己有這些偏見，我們也不自知地如此看待子女。

我到訪了牛津大學艾倫．斯坦因（Alan Stein）的實驗室，看了紀錄一些患飲食失調的母親用勺子第一次餵養嬰兒進食固體食物的影片。這本來是母子之間共同發現並探索固體食物時喜慶和嬉戲的時刻，可是這對他們來說

⑧ Beck, A. T. (Ed.). (1979). Cognitive therapy of depression. Guilford press.

卻是一個有壓力的經歷，因為這些母親擔心嬰兒會變髒或超重。她們有某些偏見（如：「進食會使您發胖」），這些偏見投射到了嬰兒身上。不僅飲食失調的母親具有問題的偏見；害怕被他人負面評價而患有社交焦慮症的父母[9]，也往往擔心自己的子女會受到負面評價；患有抑鬱症或邊緣性人格障礙的父母認為子女不喜歡他們，而忽略了嬰兒發出的微笑。在最壞的情況下，患有嚴重產後抑鬱症的母親可能會因為堅信沒有孩子和沒有她會更好而自殺。

心理疾病可以是造成偏見的其中一個原因。但是，沒有心理疾病的父母也會被無論是正面或負面的偏見影響他們如何看待子女，這都會阻礙子女的成長。父母給子女正面的標籤，例如「運動型的」、「有天賦的」或「負責任的」，也會無意中限制子女的成長。例如，一個「負責任」的子女經常照顧其兄弟姊妹，從而剝奪了他們發展自己活潑有趣一面的機會。「運動型」兒童不斷接受訓練，從不學習單純的放鬆和無所事事。還有「天才型」的子女雖然參與智力相關的挑戰，卻沒有獲邀去用雙手發現更多在地的樂趣。

這些正面的偏見也可能導致父母和其他照顧者忽略子女的求助信號，並且難以接受任何不符合這些「標籤」的行為。我的女兒在認知測試中得分很高。有一次她在學校完成有關鯨魚的匯報後，非常失望地回到家裏。她的老師對她說：「我對您的期望更高」，「高智商」這個標籤無形中掩蓋了我和老師的視線，看不見女兒在預備匯報中所面對的困難。

正面標籤還會對該孩子的兄弟姊妹產生負面影響：一個負責任的、運動型的或有天賦的孩子，他的兄弟姊妹可能會被認為是不負責任的、缺乏運動能力或遲鈍的，並潛移默化。我記得我的老師曾經嘆氣說：「您不像您的姐姐」（她比我更認真、勤奮、有條理而且成績更好）。往後，我盡可能做最少的事情並拿取最低的合格分數，以努力去符合那個負面形象。

任何對子女的診斷標籤（例如：注意力失調／過度活躍症、自閉症、害怕失敗等）都可能會讓父母對子女產生偏見，限制他們以開放的方式去留意自己的子女。曾經有一位母親告訴我，在兒子被一位醫療專家說他有自閉症後，她開始對兒子平時按大小順序排列毛絨玩具的習慣有一個完全不同的體會。她以前認為兒子這樣的行為是專心、精確和討人喜歡的；現在卻是覺得這是固執而幼稚，並對此產生了恐懼和厭惡感。

⑨ de Vente, W., Majdandzic, M., Colonnesi, C., & Bögels, S. M. (2011). Intergenerational transmission of social anxiety: the role of paternal and maternal fear of negative child evaluation and parenting behaviour. Journal of Experimental Psychology, 2, 509-530.

隨著我們越花時間和子女相處，我們難免會發展出各種慣性的互動。這些慣性的互動模式使我們重複以相同的方式去回應子女，這可能會限制子女的成長。研究員讓·杜馬斯（Jean Dumas）進行了一項很好的實驗，他要求教師將學生歸類為社交能力強的、正常的、好鬥的和容易焦慮的⑩。每組由三十個平均年齡為四歲的孩子組成。這些孩子的母親被要求分別與自己和他人的子女一起進行一項任務。該任務是在小型超市中推玩具手推車，在包含不同類別產品的貨架上收集清單上的五種物品，並以最短的路線前往清單上的下一項物品。母親和子女之間的互動被攝錄下來，並經由心理學家評估片段中家長的行為有多「正面」和「互惠」。而作出評估的心理學家並不知道哪一位才是該母親的子女。

該研究發現，那些好鬥的和容易焦慮的子女的母親，在「正面」和「互惠」兩方面的得分，較那些正常或社交能力強的子女的母親為低。然而，這些母親與其他孩子互動時的兩項得分則有普遍的水平。這表明，好鬥的和焦慮的子女的母親，能夠像正常的和社交能力強的子女的母親一樣，做出正面和互惠的反應，

⑩ Dumas, J. E., & LaFreniere, P. J. (1993). Mother child relationships as sources of support or stress: A comparison of competent, average, aggressive, and anxious dyads. Child Development, 64, 1732-1754.

她們與自己子女的互動方式是隨著時間而發展出來的，而不是她們與生俱來的。

父母看待子女的方式可能會受到各種偏見或思想扭曲而影響，這些偏見或思想扭曲可以源自自己或子女的問題、診斷的標籤、與其他孩子比較，以及由日積月累的互動所形成。父母自身的成長方式也可能成為偏見的源頭。如果他們的父母很挑剔並且不認同他們，那麼他們可能已經內化了這種行為，並對自己的子女採取類似的態度。無論父母的偏見來自何處，都有可能阻礙子女的成長並破壞健康的親子關係。

那麼，我們如何才能減少這種偏見對自己的影響，使我們的子女能根據其才能和抱負有最大的機會均衡發展呢？父母可以練習以初心接觸子女，意思是每當看著他們，就像自己是第一次見到他們一樣。懷著初心去做事的意思，是指以開放並全心全意的覺察去做事。您亦可以善用您所有的感官，幫助您全情投入在每一個經驗當中。回想一下孩子剛出生時，您還記得他當時的氣味、聲音、外貌以及「郁動」的方式嗎？那時候您的感覺如何？您是否感到驚訝、驚喜或好奇？您還記得您第一次如何抱著嬰兒嗎？這就是初心。

其中一個很好的方法讓您以初心去看待子女，就是不要將他們看作為「您的子女」，而是看成是「一個孩子」。以下我會以一個例子去說明：當您的兒子因為沒有得到他想要的巧克力棒而在超市收銀處大喊大叫，您會怎麼想？也許您會認為他被寵壞了，是您的錯、或您是一個不稱職的家長？試想想，如果是別人的子女發脾氣呢？您的想法會否轉變為：孩子就是要學會他們不能總是得到想要的東西；父母不屈服是正確的；或是超市收銀處附近不應放著巧克力？

把您的子女看作為「一個孩子」而非「您的子女」，是我們在靜觀親職課程中的第一個初心練習，這練習可能讓您有一種前所未有的解放感覺。一位母親談到自己以初心去觀察兒子閱讀。她的兒子被確診有專注力失調／過度活躍症，她經常因為兒子的嘈吵和坐立不安的舉止而感到煩躁，包括兒子在閱讀的時侯。她以往傾向在這些時候避免去看他或聽他的聲音。現在，當她以第一次看見兒子的心態去觀察他時，她不僅注意到了他漂亮的頭髮和美麗的容貌，而且還注意到了他從閱讀中獲得的樂趣。當他沉浸在故事中時，他代入故事當中，大笑著、皺著眉、歡呼、看起來很驚訝，並熱情地走動著。現在，她不再煩惱，反而喜歡並享受觀察自己的兒子。

練習

練習 1.1
靜坐練習
（聲音導航 1）

這是一個10分鐘的靜坐練習，您可以在當中專注覺察呼吸。先找一個能讓您感到放鬆、安全、不會受到干擾的安靜地方。您可以坐在椅子、坐墊或跪凳上進行這個練習。請確保身體有足夠保暖，有需要的話可以披上披肩及穿上襪子，或舒適地坐著進行此練習。最好能夠持續一星期每天進行此練習一次。如果您發現自己已經開始熟悉練習的聲音導航，可以在沒有聲音導航的情況下進行練習，並將鬧鈴設置為10分鐘（視乎您想靜坐多久）後響起。放開任何您對練習的期望，重點是純粹進行練習。在進行第一次練習後，您可以記下當中的經歷。

練習 1.2

以初心教養

在本週找 5 分鐘時間，在盡可能不干擾您子女的情況下進行此練習。您可以在他們睡覺、玩耍、看書、坐在電腦前、看電視或其他您覺得合適的情況下進行此練習。開放您所有的感官，盡可能全面地觀察您的子女，就好像您是第一次見到這孩子一樣。您也可以想像自己是一個畫家、插畫家、記者、攝影師或視頻藝術家。孩子的長相是怎樣的？觀察顏色、形狀和光暗。注意所有小細節，從細節到整幅圖畫，再放大和縮小。仔細觀察細節或圖畫的移動方式。聆聽不同聲音：他們的語氣、走動時發出的聲音、呼吸聲甚或心跳聲。您還可以視乎場景，利用其他感官。如果您坐得非常靠近孩子，您或許會嗅到他們皮膚、身體、頭髮或衣服的氣味。您能感覺到甚麼嗎？也許您的子女正倚靠著您或坐在您的膝蓋上。您能嚐到任何味道嗎？例如，如果您年幼的小孩把他的手指放進您的嘴裡？以一份初心去看待子女，就像初次見到一個孩子一樣，這感覺如何？不要試圖以任何方式改變您所經驗到的，讓當中體驗保持原本的模樣。練習後，您可以記下當中的經歷。

練習1.3

全心全意地留意自己與子女的慣性活動

慣性活動指那些自動化的、無須太多專注力的活動，因它們已經成為習慣。這讓我們可以同時進行其他活動，例如：在削薯皮時同時看電視、又或在駕駛的時候同時想著其他事情。這個星期，請選擇一項您平日和子女一起進行、或為子女而進行的慣性活動，全心全意地投入活動，就好像您是第一次做這件事一樣。這活動可能是帶子女上學去、和他們聊聊天、給他們穿衣服、刷牙、準備午餐或晚餐，又或是跟子女說一句晚安。練習不需要花太多時間。如果您選擇的活動時間較長，可以只使用該活動的開始數幾分鐘進行練習。

全心留意您的子女、您自己以及您們彼此之間的互動，如實經驗。練習唯一的目的就是要留意當下。若要有意識地觀察這些慣性活動，可以將活動的速度放慢一點。當您決定好哪一項和子女一起進行、或為子女而進行的慣性活動後，請持續一星期全心留意這項活動，不要更改成不同的活動。練習後，您可以記下當中的經歷。

練習 1.4
共同關注

當子女邀請您一起留意某樣事物時，請留心那些瞬間，例如：「爸爸，媽媽，看！」、「聽聽這首歌」、「看看這段短片」、「猜猜我的考試分數如何！」。您的子女希望和您一起看甚麼東西呢？當您與子女一起留意該事物時，請嘗試給予您全神貫注的專注力，並且花比平常更長的時間、更深入地去留意。練習後，您可以記下當中的經歷。

②

第二章

成為自己的父母：自我照顧和慈心

「如果您不知道如何照顧自己、
和自己內心的暴烈，
那麼您將無法照顧別人。
在能夠真正傾聽伴侶或子女之前，
您必須具有愛心和耐心。
如果您很煩躁，您將無法聆聽。
您必須知道如何靜心呼吸，
擁抱您的憤怒並轉化它。」
——一行禪師（Thich Nhat Hanh）①

在飛機上，安全指引總是提醒乘客，在替子女配戴氧氣面罩前先戴好自己的氧氣面罩。父母需要記得這一點，因為除了在對待子女上，我們很少在其他地方看見這種極致的利他主義。年幼小孩的父母有時候會站著吃飯又或忘記去洗手間，因為他們總是顧著投入在與子女有關的事情中；有些較年長子女的父母，會因為他們正值青春期的子女還沒回家而徹夜難眠；又有些父母會花好幾小時幫助子女做功課，卻沒有考慮自己需要做的事情。

在盡心盡力照料子女的過程中，我們可能會讓自己陷入身心俱疲的危機中。自我照顧和自我關懷（self-compassion）正是這種疲憊的解藥。如果在我們的童年中，父母並沒有充分地與自己同在或讓我們依靠，那麼練習自我照顧和自我關懷就變得更加重要，因為我們沒有學習如何同時照顧別人和照顧自己的典範。更糟糕的是，那些我們最需要自我照顧的時刻，例如，面對疾病、關係問題或父母年邁等困難事情，卻正是我們經常容易忘記照顧自己的時刻。

本章的內容是關於如何專注於自己和我

① Nhat Hanh, T. (2003). Creating true peace: Ending violence in yourself, your family, your community and the world. New York: Atria Books.

們的身體、以及自我照顧和自我關懷，如何幫助我們應付親職壓力。當我舉辦靜觀親職課程時，我們經常討論的是父母真正有多能夠在面對親職壓力時成功運用到「呼吸空間」。「呼吸空間」是一個三分鐘的靜觀練習，我們停止正在做的一切，留心呼吸並專注自己此時此刻的狀態。我清楚地記得一位母親憤怒地對我說：「但是我的生活忙碌到沒有三分鐘的時間去做呼吸空間！」

實際上，三分鐘比吸煙者每次點煙的時間更短。可是，我能理解該母親的擔心。每當我參加每年一次的靜修營時，我都會對子女感到愧疚，因為我要把他們交託給其他人照顧。我也對幫我照顧子女的照顧者、或對我的同事感到內疚。因著我可以甚麼也不做，其他人卻要處理更多的事務。

但當然，我並不是真的甚麼也不做。在退修的一個星期間，我練習「無為（not doing）」，那是一項艱巨的工作。在退修剛開始時，靜觀導師通常會講解我們的參與是對子女、伴侶、同事以及世界的一份禮物。靜觀導師埃德爾．梅克斯（Edel Maex）曾經告訴我，每次他參與退修，他太太便會很開心，因為參與退修讓他成為一個更好的人。通過好好照顧自己，我們也懂得照顧我們周邊的人。

關愛自己首先要覺察內在發生的事情和自身狀況。只有在覺察後，我們才能開始照顧自己的需要。尤其當這些需要和感受對我們沒有用處的時候，人類很擅長去壓抑它們。也許我們甚至要感謝，在忙碌時體內所產生的腎上腺素和多巴胺激素，讓我們甚至可以「延遲」生病以完成重要的事情；在面臨危險時我們可以忽略飢餓、口渴或疲勞等感覺，從而集中精力啟動「戰鬥或逃跑」的行動。

我們還進化到能夠在自己有需求或受到威脅的時候，將子女放在首位。在這世代，我們已足夠出色地在生死攸關的情況下做到這點。然而，毫不令人驚訝地，我們甚至能夠在非危急的情況下也不自覺地將子女放在首位。正如一位姨姨曾經告訴我：「我已經教給我的子女一切，除了體諒自己。」當照顧自己時，其實我們也教導子女去體諒自己。

我記得在離婚後，當我的子女和他們的父親在一起時，我非常掛念他們。所以，當他們與我同在的時候，我會百份百確保自己待在他們身邊，我將自己整個週末的全部時間奉獻予他們。可是，這也意味著，我錯過了星期六早上獨自在沙發上看報紙和喝泡沫咖啡的時間，而每個星期一我總是快樂但疲累地上班。

在我子女的學校裡，我注意到一位非常

能幹的老師有時會掛出一個「請勿打擾」的標示。當這個標示出現時，代表小孩子們不可向老師發問，必須自己找到解決方案並互相幫助，而老師則可專注於照顧幾個有特殊需要的學生。

我決定在家中加入「請勿打擾」時間。我的孩子非常合作，當我恢復星期六的寧靜時間後，他們幫忙接聽電話，並告訴致電者他們的母親現在沒空，因為她正在看報紙和喝咖啡！我的兒子幫妹妹上廁所、又在她拿著剪刀到處跑時把剪刀拿走。在兒子展示給我的第一篇日記中，他記下了我的寧靜時間，這顯然是對他有特殊意義。毫無疑問，我不

您還記得孩子騎在您肩膀上、或他們的小手觸碰您頭髮的感覺嗎？

僅幫了自己一個忙，還為他們年幼的生命帶來一些重要的東西。

為了關愛自己，我們需要不時和「生命漩渦」②保持距離，這是靜觀導師埃德爾·梅克斯（Edel Maex）所用的詞語。取而代之的是，我們花時間去注意自己和自己可能的需要，照顧自己始於傾聽我們的身體。當我們退後一步，留意我們的身體並充分經驗當中所有感覺時，我們會調整自己——這也是讓孩子調整的第一步③。如果我們連自己都不能連結，何以期望自己能理解別人、和別人溝通與連結呢？

當我們忙於工作、照顧孩子或做家務時，我們往往會忽略自己的身體，因為疲倦、疼痛或壓力在那些時候並不能幫上忙。我們甚至可能失去愉悅身體感覺的觸感。您還記得孩子騎在您肩膀上、或他們的小手觸碰您頭髮的感覺嗎？透過與自己的身體連繫，我們與這些特別的時刻重新連繫，這也是離開「行動模式」過程的一步。

② Maex, E. (2008). Mindfulness: In de maalstroom van je leven. Houten: Lannoo.
③ Siegel, D., & Hartzell, M. (2003). Parenting from the inside out. New York: Tarcher.

當您在吃飯、看報紙、洗澡、烤蛋糕、往工作的路上，或接孩子放學時，您有甚麼身體感覺？覺察到我們的身體狀態，是照顧自己的第一步。照顧我們的身體始於簡單而具體的事情，例如，當感到飢餓或口渴時我們會進食或飲水；當注意到有便意時我們會去洗手間；當感到疲倦時我們會睡覺；當感到身體僵硬時我們會去做運動；當煩躁不安時我們會去散步等等。

自我關懷是一種照顧自己的方式，在有壓力、痛苦、（自我）批判、（自我）評價或失敗的時刻，尤其重要。要瞭解何謂自我關懷，首先最重要的是要瞭解慈心的含義。慈心的其中一個定義為「與某人一起受苦」。克麗斯廷．涅夫（Kristin Neff）[4]對慈心的描述如下：

「慈心指覺知並清晰地看到苦難。它是指對受苦中的人懷著善良、關懷和諒解，從而減輕痛苦的願望就會自然地升起。最後，慈心也牽涉到承認人類共有的狀況、脆弱和不完美。自我關懷包含上述相同的質素——只是把慈心內轉對著自己而已。」

慈心是與生俱來的。我們都知道自己本來就有慈心：小時候的我經常救助動物、在慈善機構裡參與義工服務、為非洲的飢餓兒童籌款（可是我必須慚愧地承認，我曾經將收集到的捐款買了兩隻水龜，當牠們死後，我視其為一種上天對我的懲罰）、擔心全球污染和動物、植物的痛苦。我在學校的演講題目是關於我的英雄甘地和馬丁·路德·金（Gandhi and Martin Luther King），他們對人民抱有慈心，並與他們一同受苦。我閱讀了大量關於大屠殺的書籍，並想像猶太人的苦難。在青少年時，我為我最喜愛的音樂人占美·哈特（Jimi Hendrix）的身世而感到難過；我閱讀有關自殺的書籍⑤並哀悼痛失英材，例如與希薇亞·普拉斯（Sylvia Plath）有關的故事。我亦觀賞像《飛越瘋人院》這類的電影，同時希望停止濫用精神醫學所帶來的傷害。成為心理治療師是我的感召。起初我希望為其他人減輕痛苦，然而其實我也希望減輕自己的痛苦、治癒自己的創傷，雖然一開始時我自己也不知道。

因此，慈心指對人的痛苦感同身受並嘗試去幫忙的傾向。我們對自己的子女很自然地能抱有慈心：很多父母都說他們在第一個孩

④ Neff, K.D. (2012). The science of self-compassion. In Germer, C. K., & Siegel, R. D. (Eds.). Wisdom and Compassion in Psychotherapy: Deepening mindfulness in clinical practice. New York: Guilford Press.

⑤ Brouwers, J. (1983). De laatste deur: Essays over zelfmoord in de Nederlandstalige letteren. Amsterdam: Synopsis.

子誕生之前，從不知道自己原來可以如此地愛一個人。當然，我們不一定有這樣的感覺。有時我們也會對子女有強烈的負面情緒及行為（之後的章節會探討更多），但這裡想要表達的是，作為父母我們感受到自己對孩子有無限的愛，我們會開始覺察到自己有去愛及照顧一個孩子的天賦能力，同樣地，我們也可以運用這樣的天賦對待自己。

卡洛琳・福爾克納（Caroline Falconer）、梅爾・斯拉特（Mel Slater）以及其他研究員嘗試使用虛擬實境（VR）的技術，去探究「自我關懷」對抑鬱症患者的成效。他們將此實驗拍成公開影片⑥。我們知道抑鬱症患者在面臨困難的時候會極度自我批判、將自己與他人隔離，以及不傾向於「自我關懷」。

在該虛擬實境的環境中（被稱為「洞」），研究員邀請參加者去安撫一個虛擬的沮喪小孩。他們要溫柔地對那個小孩說出以下的句子：

「當一些我們不喜歡的事情發生的時候，我們會感到不快。這是不是會讓您感到難過傷心？您知道嗎？當我們傷心的時候，想起一個愛自己並且待我們仁慈的人是很有幫助的。您可以為我做這樣的事嗎？您可以想起一個愛

您，並且待您仁慈的人嗎？他們會向您說甚麼而讓您感覺好一點的呢？」

參加者的聲音以及肢體語言會被記錄，根據程式的設定，那個虛擬的小孩會逐漸停止哭泣，並且對成人向他們說的話感到好奇。

然後，成人參加者會以小孩的角度重新體驗此場景。他們會看到一個自己的虛擬實境化身，並靠近自己，以仁慈的姿態去說同樣關懷的話，這是一個被稱為「具體化」的技巧。有參加者反映，當他們在一個月內重複地進行這八分鐘的微型介入後，他們變得對自己更加仁慈，同時他們抑鬱的症狀也減少了。有部分參加者告訴研究員，當他們感到沮喪的時候，想起這個經驗可以幫助他們對自己抱有更多慈心。

正如我們安撫受苦的小孩一樣，我們也可以安撫受苦中的自己。克麗斯廷．涅夫（Kristin Neff）指出[7]，「自我關懷」包括三個部分：

- 承認並且有意識地開放自己在情緒的痛苦中；
- 當問題出現時，嘗試抵擋羞恥的感覺和孤立自己的傾向，提醒自己，苦難會把人們聯繫在一起；
- 意識到我們需要並值得被關懷，以自我慈心而不是自我批判去應對。

如果您發現自己正面對壓力或在情緒痛苦中，可以嘗試對自己說以下的句子：

「這是一個受苦的時刻」（或「這真的很艱難」）

「受苦是生活的一部分」（或「我不是唯一一個正在受苦的人」）

「我會善待自己」

「我會給予自己所需要的慈心」

很重要的一點是，我們練習「自我關懷」不是為了期望這可以很神奇地令自己的感覺變好，而是因為這可以幫助我們應對感覺很差的時候[4]。若您把「自我關懷」用以對抗或者擺脫困難的感覺，這注定是會失敗的。我們要明白受苦是人生正常的經歷、它是可以發生的。引用慈心導師克里斯多福．卓門（Chris Germer）的話：

「慈心給予我們力量去面對人生中的悲歡離合、快樂痛苦、疾病健康、得到失去，直到我們有機會去改變它們。」④

「自我關懷」指學習成為自己的父母、學習照顧我們內在的小孩。對於在小時候沒有得到足夠照顧與安撫的父母而言，「自我關懷」是很具挑戰性的。在上文討論過的虛擬實境化的自我慈心實驗中⑥，有一位年輕媽媽描述，她在練習中需要想像一個令她感到安全的人抱著她和安撫她。

---

④ Neff, K.D. (2012). The science of self-compassion. In Germer, C. K., & Siegel, R. D. (Eds.). Wisdom and Compassion in Psychotherapy: Deepening mindfulness in clinical practice. New York: Guilford Press.

⑥ Falconer, C. J., Slater, M., Rovira, A., King, J. A., Gilbert, P., Antley, A., & Brewin, C. R. (2014). Embodying compassion: a virtual reality paradigm for overcoming excessive self-criticism. PloS one, 9, 1-7.

Falconer, C. J., Rovira, A., King, J. A., Gilbert, P., Antley, A., Fearon, P., Ralph, N., Slater, M., & Brewin, C. R. (2016). Embodying self-compassion within virtual reality and its effects on patients with depression. British Journal of Psychiatry Open, 74-80.

Itkowitz, C., (2016, February 17). The surprising way researchers are using virtual reality to beat depression. The Washington Post. Obtained from: https://www.washingtonpost.com/news/inspired-life/wp/2016/02/17/how-comforting-a-crying-child-in-virtual-reality-can-treat-depression-in-real-life/

⑦ Neff, K. (2011). Self-Compassion. New York: William Morrow.

慈心是當我們目睹別人受苦時，
所激發我們渴望去幫助的感覺。

「雖然從來沒有人這樣擁抱著自己令我傷心，但被擁抱感覺很好。」

我在一次課堂中嘗試了「自我關懷」的練習，其中家長需要在腦海中想像一位無條件愛他們的人。有一位參加者在她很小的時候就失去了媽媽。在練習中，她選擇想起她的養母，並對這個擁抱、愛撫和聆聽她的影像大哭。她說：

「我知道這是甚麼，是傷心，是恐懼。一個從內心深處無條件愛您的人——我發現這很可怕。我失去了第一個這樣對待我的人。」

慈心是當我們目睹別人受苦時，所激發我們渴望去幫助的感覺；這跟同理心是不一樣的，後者是對別人的情感感同身受⑧。要真正地體驗慈心之情，我們必須意識到我們不是那個正在受苦的人，他們的苦難並不是我們的。

同理心與慈心的區別，可以幫助我們明白所謂的「同情疲勞」（Compassion fatigue）的現象。要照顧患嚴重疾病孩子、或者需要處理其他家庭成員苦難的家長，例如：成癮的伴侶或有腦退化的父母，可能會引致「同情疲勞」。查爾斯・菲格利（Charles Figley）將「同情疲勞」定義為：

「當人們正在幫助有需要的人或動物時，受助者的苦難和那揮之不去的緊張狀態，此經驗可能會對助人者造成創傷性壓力。」⑨

「同情疲勞」在創傷處境中的照顧者或父母間是很常見的，有時這會被視為「二次創傷」。德蘭修女意識到，這會危害到那些照顧

⑧ Goetz, J. L., Keltner, D., & Simon-Thomas, E. (2010). Compassion: an evolutionary analysis and empirical review. Psychological Bulletin, 136, 351

⑨ Figley, C.R., (1995). Compassion fatigue: Toward a new understanding of the costs of caring. In Stamm, B.H. (1995). Secondary traumatic stress: Self-care issues for clinicians, researchers, and educators. (pp. 3-28). Baltimore, USA: The Sidran Press.

有重大需要的人的修女。所以，每五年她就會讓修女們離開一年去休息復元。因父母與子女的關係是很緊密的，照顧有嚴重病患孩子的父母，會有更大的風險陷入「同情疲勞」[10]。面對家庭創傷與苦難時，能好好照顧自己是很重要的。

「同情疲勞」不但是因為我們目睹了苦難與創傷而導致的，也因著我們的回應方式而造成。作為父母，為了真正地與孩子的困難連結，請緊記以下兩點：首先，孩子的苦難並非我們的苦難；另外，我們也要面對自身的苦難。我們的痛苦源於作為父母目睹孩子不適的痛苦，為此，我們需要「自我關懷」[4]。

在我帶領的小組中，我觀察到家長怎樣因為子女受苦而感到痛苦（可能和自閉症、成癮、厭食症、自殺、離婚或者其他因素有關），他們會經常怪責自己，認為是因為自己犯錯而引致現在的情況。這樣的自責可能是一種心理機制，透過懺悔幫助他們應對罪疚感。

不管苦難是否可以預防（詳見第八章），父母的苦多由孩子的苦難而來。我們需要慈心，而且我們自行可以給予自己。那麼為甚

④ Neff, K.D. (2012). The science of self-compassion. In Germer, C. K., & Siegel, R. D. (Eds.). Wisdom and Compassion in Psychotherapy: Deepening mindfulness in clinical practice. New York: Guilford Press.

⑩ Salmela-Aro, K., Tynkkynen, L., & Vuori, J. (2011). Parents' work burn-out and adolescents' school burn-out: Are they shared?. European Journal of Developmental Psychology, 8, 215-227.

麼在我們最需要的時候，反而不給予自己慈心呢？我們甘願將孩子的痛苦轉移到自己身上，以致他們不再受苦，這是可以理解的。但真正的慈心是明白到這些痛苦是他們的，不是我們的。我們可以感同身受地去理解孩子的痛苦，但我們並不能減輕他們的痛苦或感受他們的疼痛。真正的慈心，是容讓孩子的苦難存在，同時間照顧好自己的痛苦。

我們也可以透過看見自己內在的小孩去照顧自己，去認同他／她的需要。作為小孩，我們都會依賴父母。有時，當我們傷心、害怕、生氣、沮喪或者嫉妒時，我們會發現父母或照顧我們的人並沒有安慰而是責備我們（「這是您自己的錯」、「如果您沒有做甚麼……」、「您不應該有這樣的感覺」）。也許他們是對的、也許他們因為陷入於自我關懷的掙扎中才有如此的反應。我們不會故意去犯錯，但我們經常會自我批判，好像我們真的有做錯一樣。記得小時候，我在騎自行車回家時丟失了放在褲袋的100元，我對父母的反應感到恐懼，然後責怪自己的愚蠢。說實的我已經不記得他們的真實反應了，只記得自己的害怕與自責。

若今時今日有相似的事情發生，我最初的衝動，仍然是歸咎於自己的愚蠢。例如有一次我因為只顧著打電話而將我的行李箱遺留在阿姆斯特丹機場的一架巴士上，並且因為努力去尋找未果而最終錯失了一班飛往牛津的航班。這自我批判只會加劇我的痛苦，我真正需要的是自我關懷。（「這是一個受苦的時刻」；「我不是唯一一個遺失行李箱的人」；「我會對自己好一些」）。所以我抵抗了自我責備的衝動，給予自己值得擁有的慈心。

靜觀大師一行禪師，以一個嬰孩的畫面去幫助我們友善地對待自己。例如當您很生氣的時候，您必須以極大的慈愛對待自己，就像對待嬰孩般的保護自己。一行禪師認為，每個人內心都有一個受傷的孩子，可以透過自我關懷去治癒⑪。

「當我們說帶著慈心去聆聽時，我們通常會想到的是聆聽其他人。但我們也必須去聆聽自己內心受傷的小孩。這個受傷的小孩有時需要我們全神貫注，亦可能會於您意識的深處浮現而引起您的注意。若您保持覺察，您會聽到他／她求助的聲音。屆時，您應該回去溫柔地擁抱這個受傷的小孩、而不是專注於您眼前的東西。您可以直接用愛的語言與小孩對話，『過去我離開了您，令您剩下自己一人。如今

⑪ Nhat Hanh, T. (2010), Healing the inner child. Berkeley: Parallel Press.

我感到很抱歉，我要擁抱您。』您可以說：『親愛的，我就在這裡，我會很好地照顧您，我知道您受了很多苦。我過去太忙碌而忽略了您，現在我學會了回到您身邊的方法。』如果有需要，您可以與那個小孩一起痛哭。每當有需要時，您可以坐下來與小孩一同呼吸。吸氣時，我回到受傷的小孩身邊；呼氣時，我會照顧好受傷的小孩。」

透過有規律地進行身體掃瞄練習（**練習2.1**），我們學習去聆聽我們的身體、以及好好照顧它。我們也可以問自己「我需要甚麼？」（**練習2.2**）。透過其他靜觀練習，例如將雙手放在心胸上（**練習2.3**）或簡單地對自己說一些關懷的說話，都可以培養「自我關懷」。我們要知道，練習本身是很重要的：給予空間去祝福自己健康、快樂和愛。至於我們能否收到所祝願的事情，則沒有關係。當我們集中於每一件感恩的事情上（**練習2.4**），無論是多麼微不足道的事情，我們可以提醒自己快樂並不是發生在未來，而是在當下此刻。

練習

練習 2.1

「自我關懷」的身體掃瞄練習

（聲音導航 2）

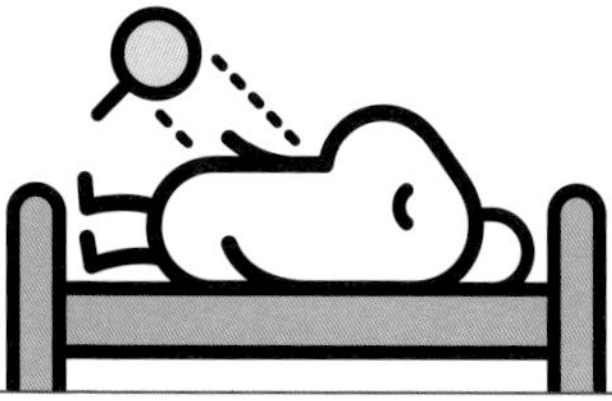

您可以坐著或躺著，去進行這個身體掃瞄練習。

一般來說，我們都是活在自己的腦袋中；除非身體出現問題，我們很少去覺察我們的身體。在這個練習當中，您將會專注地掃瞄自己身體的不同部位。就像您是第一次留意到自己的身體一樣，帶著初心去進行這個練習，對所有的感覺保持好奇心。

花時間去留意我們的整個身體，不單是專注力與覺察的練習，同時是一個自我關懷的行動。在這個星期裡，嘗試每天都做一次身體掃瞄練習。聲音導航 2 是一段約 14 分鐘的身體掃瞄練習聲帶。如果您需要更長的練習時間，您可以在網上尋找到很多靜觀導師的聲音導航，例如喬・卡巴金或馬克・威廉斯。若您願意的話，請紀錄自己的體驗。

溫馨提示：如果您因為沒有練習而感到內疚

您原先可能打算每天都練習，就像您計劃每天做運動、吃健康的食物、少喝酒或早點睡覺一樣。無論如何，總會有您沒有練習靜觀的日子。這可能是令您感到內疚、挫敗或自責的根源，令您更加遠離練習靜觀。如果這些內疚和失敗的感覺沒有消除，靜觀就會變成任務清單上的另一項事務，令您原本忙碌的生活更加忙碌，最終可能令這本書被扔進垃圾桶裡。

所以，當您發現自己沒有每天練習靜觀的時候，請考慮列出所有阻礙您練習的潛在障礙，以及相應的解決方法。以下有一個我和一群靜觀導師所列出的障礙與解決方法清單，作為參考例子：

障礙	解決方法
太勞累	充份地睡眠，在一天中的其他時間練習
太忙碌，沒有時間	取消一些非必要的任務，尋求別人的協助
不期待練習	有益的事情不一定是有趣的
忘記了	用手機去提醒自己，在日常中計劃
覺得沉悶	相信多點練習後會變得有趣
太重複	嘗試使用不同的靜觀聲音導航
害怕做錯事	沒有真正的「正確方法」，緊張也是可以的
喝了酒	不找藉口，在一天中的其他時間練習
感到內疚	我的家人、同事以及朋友將會從中受益！
沒有幫助	再給它多一點時間

練習 2.2

我需要甚麼？

根據克里斯多福・卓門所言，停一停，問問自己「我需要甚麼？」是在日常中去自我關懷的第一步。問自己以下問題，並在筆記本上寫下您的答案。以下是一個例子：

問題： 作為父母，我怎樣照顧自己？（身體上、精神上、情緒上、關係上及心靈上）

答案範例： 每週我會將孩子交給我媽媽照顧，然後給自己一個下午的時間。每個早上在叫醒孩子起床前我都會練習靜觀、尋求伴侶的協助、閱讀關於教養的書籍。

問題： 作為父母，我有甚麼新的方法去照顧自己？（身體上、精神上、情緒上、關係上及心靈上）

答案範例： 我會教導孩子去顧及我的感受。如今，當我和孩子在一起的時候，我的感受與身體感覺更加一致。當我發現自己被問題困住時，我會打電話給朋友。

練習2.3

手放心胸上及慈心練習

這個星期，嘗試去留意自己親職教養的痛苦時刻。可能是一件很小的事情，例如，您的孩子沒有吃您盡力煮的一頓美味大餐；或您的孩子因您忘記了預備他／她的生日派對而生氣及難過。

告訴自己：「這是受苦的時刻」

將自己的痛苦與其他父母所經歷的聯繫起來，對自己說：「我不是唯一一個正在受苦的」、或「我不是唯一一個會犯錯的父母」。

對自己說一些安慰的話：「做一個好的父母並不容易」；或：「我要對自己仁慈一點」。看看您能想到多少安慰的語句，然後寫下來。

或者嘗試進行安慰自己的行動，例如：

- 將雙手放在心胸上，感受一下由一隻手傳到另一隻手上，再由雙手傳到您心胸上的壓力和溫暖。您想感受這種感覺多久，就繼續感受多久。

- 雙手環抱以擁抱自己。
- 胚胎的姿勢：以一個具保護性的姿勢，躺下側卧，捲曲您的身體，並以雙手環抱住雙腿。
- 搓熱您的雙手，然後將雙手放在臉上。

或者，問問自己這樣的問題：「我現在需要甚麼？」，看看有甚麼出現在腦海中。無論那時您是否能得到您所需要的，或者您是否可以滿足自己的需求，這樣做可以幫助您滿足對關懷、支持、慈愛、沉默、休息和安撫的廣泛持續需求。

練習 2.4
感恩

這個星期，每晚睡覺之前，請在筆記本上寫下三項您當天感到感恩的事情，無論是多麼細微的事情。將筆記本放在床頭櫃上以提醒自己。自從參加了克里斯多福．卓門的工作坊之後，我就一直在實踐。在困難的日子裡，我留意到這幫助我去意識到喬．卡巴金所說的「小事並不小」。它幫助我們為自己的生活慶祝，以及順利度過每一天。

一行禪師說：「我們每個人內心都有愛與憐憫的種子，但同時也有憎恨與生氣的種子。我們越是去澆灌愛與憐憫的種子，就能為自己和他人創造更多的愛與憐憫。」⑫

靜觀可以幫助我們去澆灌正確的種子。

⑫ Nhat Hanh, T. (2009). Happiness. Berkeley: Parallel Press.

3

第三章

親職壓力：從僅僅求存到尋求呼吸空間

我的女兒今年四歲，
她對於怎樣在這世界活動已經有自己的一套。
她厚臉皮的程度有時令我完全拿她沒辦法，
有時候我會對她大叫，
或搖動她直到她開始哭泣。
但通常她只會大笑，
而不會停下那些令我頭痛的行為。
上一次她又做出那些令我頭痛的行為，
搖動她時她只會笑的時候，
也是我最後一次為此感到生氣。
我突然靈機一觸，
把手放在她胸口上。
她的心臟在跳動，
噢，我親愛的，
它是怎樣跳動著。

——卡爾・奧韋・諾斯加德[1]

因為我所住的地方靠近一所忙碌的托兒所，我偶爾也會感受到父母接送孩子的壓力。也許他們上班快遲到；或找不到停車位；或他們的孩子很早起但並不合作。而在晚上，當孩子們被接回家的時候，這高壓的氣氛似乎更加凝重。也許是因為托兒所準時在晚上六時半關閉，大家都需要和時間競賽接回小孩（想像一下如果您不在那裡，會發生甚麼事呢？！）。孩子們變得疲倦然後到處搗亂，所以父母會發出警告（如：「如果您不停止哭鬧，我們就不會去公園了」）或試圖妥協（如：「如果您不再哭了，我們就外出吃飯！」）。

現在，試想像如果托兒所的大門並不是用密碼開啟的，而是需要家長靜靜地坐著一分鐘、或是當感應器偵測到平靜的心跳時才開啟，那會跟現時的情況有很大分別！這樣會驅使父母評估自己的精神狀態，並以一個更開放和更深思熟慮的心去接送孩子。

照顧孩子的壓力會讓我們展露最糟糕的一面。當我們失去耐性，並讓沮喪和憤怒支配自己之後，我們通常會感到非常懊悔；因為我們知道，這就像重複我們記憶中的童年一樣，這些片段會對年輕人造成負面影響。卡爾・奧

① Knausgard, K. O. (2012). My Struggle. Book one, Brooklyn: Archipelago Books.

韋·諾斯加德（Karl Ove Knausgård）①所撰寫一系列六冊的自傳中，描述了他作為父親經常在壓力下失去耐性，並且對孩子造成影響。

本章將論述親職壓力的演變過程和功能，以及我們怎樣未能充分掌控親職壓力（如：「我們無能為力，只能這樣子了！」的想法）。同時，我們也會討論在沒有實際危險的情況下，識別和專注於感受這些壓力如何幫助我們避免陷入「求存模式」。透過學習這樣的技巧，我們可以開始覺察到自己的親職教養反應，而不僅僅憑直覺行事。簡而言之，我們可以選擇如何回應。

除了在孩子身上發生的問題，很少有其他事情能給我們帶來更大壓力。我記得當我產假後回去工作時，我將三個月大的兒子交給保姆照顧。甫到達公司，我就被告知有一個很緊急的問題需要我馬上打電話回家。我開始作最壞的打算：「我的孩子死了」、「他出了意外」、「他病了」。但原來只是我忘記了告訴保姆晚餐要買甚麼食材。

從這個例子可以看到，一些意思模糊的訊息如「有一件很緊急的事」等，會立即啟動我們的危機基模（danger schema）②。基模（schema）指與一個特定主題有關的、一連串有組織的知識和經驗，也可以被視為是我們的認知系統。顧名思義，「危機基模」指與風險和危機有關，通常在人的幼年時期已經出現。一些特定的訊號，例如是身體上的感覺（如：緊張）、字詞（如：緊急）、圖片（如：救護車）、甚至是記憶（如：「我弟弟十歲的時候遇上意外」）等，都會啟動我們的危機基模。

我們傾向於優先處理危機訊號如（：「緊急」）及災難性的詮釋（如：「我的孩子死了」），而不是那些沒有危險的或正面的訊號。這是因為我們忽略的那些危機若成為事實，衍生的代價往往比我們擔憂那些沒有實際危險的事物為高。

當我們偵測到一些潛在的危險，如草叢中的「沙沙聲」可能是一條蛇，這個訊號會經過一條特別路線直達我們的大腦——跳過了負責計算、考慮其他可能性、以及從別的角度思考的前額葉皮層（prefrontal cortex）。危機訊號沿著那條特別路線，迅速地去到杏仁核（amygdala）和大腦邊緣系統（limbic system）——兩者都是當我們面對與生俱來的恐懼（如：跌到），以及學習得來的恐懼

① Knausgard, K. O. (2012). My Struggle. Book one, Brooklyn: Archipelago Books.
② Mathews, A., & Macleod, C. (1985). Selective processing of threat cues in anxiety states. Behaviour research and therapy, 23(5), 563-569.

（如：蜘蛛）時作出反應的腦部組織。這讓我們能在不用深思熟慮的情況下，作出即時的反應行為，快速地脫離危險。

在危機中作出即時反應的能力，讓我們的祖先得以存活。這是一種戰鬥或逃跑反應[3]，我們憑直覺去判斷哪一個選擇能賦予我們更大的生存機率：戰鬥或逃跑。我們無法控制這個能力，這是自動發生的，並以保存我們的基因為最優先要項。由於我們的孩子擁有我們的基因，他們會比其他事物更容易啟動我們的危機基模，是我們其中一種最大的壓力來源。值得注意的是，這個現象會隨著性別而有所不同，因為只有女性可以肯定那孩

子是她的，但男性則可以擁有比女性更多的孩子。

雖然過往已有很多關於戰鬥或逃跑反應的研究，尤其是以男性角度出發的居多，但近期的研究發現了另一種於女性身上常見的反應：照料和結盟（tend and befriend）④。在面對壓力時，女性比起男性更傾向嘗試與別人建立聯繫。只要能提高生存的機率，女性會把她們的孩子留在身邊（如：照料），或向攻擊者微笑示好（如：結盟）。這可以解釋為何女性會在痛苦的離婚經歷後將孩子帶離他們的父親，以及一些被性侵犯的受害者很驚訝她們為何對加害者如此友善。

現在讓我們看看日常生活中令家長倍感壓力的親子互動和情境。這情境可以是您的其中一個孩子，在屢次警告下依然只顧玩手提電話，準備出門的過程中頻頻分心，令他的兄弟姊妹上學遲到，也令您上班遲到。這也可以是

③ LeDoux, J. (1996). The emotional brain: The mysterious underpinnings of emotional life. New York: Simon and Schuster.

④ Taylor, S.E., Cousino Klein, L., Lewis, B.P., Gruenewald, T.L., Gurung, R.A.R., & Updegraff, J.A. (2000). Biobehavioral responses to stress in females: Tend-and-befriend, not fight-or-flight. Psychological Review, 107, 411-429.
Turton, S., & Campbell, C. (2005). Tend and befriend versus fight or flight: Gender differences in behavioral response to stress among university students. Journal of Applied Biobehavioral Research, 10, 209-232.

在危機中作出即時反應的能力，讓我們的祖先得以存活。

您的青少年孩子帶著一份不理想的成績單回家給您，只因他沒有努力溫習。又或是任何一個日常中，和子女的互動使您感到壓力。

您身體的哪一部分感受到壓力？也許您的心跳加速，呼吸變得短暫？也許您突然感到溫暖或寒冷？也許您的肌肉緊繃，喉嚨感到很乾燥？您覺察到甚麼情緒？焦慮？恐懼？煩惱？憤怒？失望？傷心？有甚麼思緒跳入您的腦海中？您認為您的孩子是懶惰還是自私，或故意製造麻煩去刁難您？也許您認為孩子會在考試中不合格，歸根究底是您的錯，但您不能總是為所有人催逼及安排所有事情。或許您認為您只是一個不稱職的家長……

在這樣的處境下，您的即時衝動會是甚麼？這不是指您實際會怎樣應對那些處境，而是指當下一刻您有衝動去作出的行為是甚麼？在剛才孩子上學快遲到的情境，也許您會認為有迫切的需要去抓住孩子然後把他拖出門口、或強行把電話從孩子的手中搶走；也許您會想對孩子咆哮，讓他對已經準備好出門的兄弟姊妹感到愧疚；也許您會想放棄，放任孩子不管而去上班、或躲進被窩裡逃避這一切。在孩子考試不合格的情境中，您也許會想告誡您的孩子，讓他明白他長大後需要自謀生計、或揚言若情況未見改善的話會為他找額外的補習班；也許您會想放棄，任由孩子自己去處理；也許您只想置身事外，或責備孩子懶惰，或拿孩子與其他努力學習而取得好成績的人作比較。

現在，讓我們從進化的角度看看這些壓力和反應。想像您的孩子跑出了馬路然後有一輛車迎面而來。這會引起您的生理壓力反應：心跳加速、呼吸短促、流汗、肌肉緊繃等等。這些訊號標示著腎上腺素（一種與壓力有關的荷爾蒙）變得活躍起來，以及身體已經準備好作出戰鬥或逃跑反應。您會怎樣反應呢？呼喊您的孩子？把他們從馬路推開？任何一個即時的、從您潛意識中發出的反應，都會有一個您預期的效果：您的孩子得以生存。

當然，這個例子和那些早上趕上學或考試成績的差別在於，後者不涉及人的生存或死亡。在這些情境，觸發機制的契機雖然只是日常的親職問題，但身體反應卻和真正遇到危機時的反應如出一轍。因此，訊息會經過一條特別路線跳過前額葉皮層，直達我們的大腦，讓我們即時作出戰鬥或逃跑的決定。

然而這反應會衍生出一個問題，就是跟隨直覺而行是不會總讓我們於非危急處境中達到目標。事實上，這些隨直覺而生的反應可以為親子關係帶來不良的影響。例如，對著子女咆哮可以造成更多衝突及困惑。不論我們的用意有多好，當我們失去耐性及侮辱孩子、擊打他們、摔門、從他們身邊走開、或作出一些恐嚇及難以預料的行為，都會導致一個長遠的影響，及為關係帶來長久的傷害。（**於第5章，我們會討論如何在作出這些行為後有效地處理當中帶來的傷害。**）

其中一項可以用來區分人類和哺乳類動物的特徵，是在面對壓力處境時，我們不只能作出即時反應，還可以思考！不幸的是，思考並非總是對我們有幫助的，由於我們傾向擔心、反芻思考、想像最差的情況，及總認為是自己的過錯——這所有都可以在已經充滿壓力的處境中帶來更多害處。雖然湯姆．博爾科維茨（Tom Borkovec）⑤的研究中有一項令人驚訝的發現，就是反覆思索一些負面的想法有時能減低壓力，這是因為我們同時為自己製造思考答案及解釋的機會。但整體而言，不斷的擔憂對我們是有害的。

然而，這個總是為事情擔憂的傾向會

---

⑤ Borkovec, T. D., Alcaine, O., & Behar, E. (2004). Avoidance theory of worry and generalized anxiety disorder. Generalized anxiety disorder: Advances in research and practice

McLaughlin, K. A., Borkovec, T. D., & Sibrava, N. J. (2007). The effects of worry and rumination on affect states and cognitive activity. Behavior Therapy, 38, 23-38.

讓我們付出高昂代價。不斷沉溺於問題當中，會阻礙我們開放自己，並把自己困在內疚感、悲傷、無力感及絕望中。這也是為甚麼人類會受到與壓力相關疾病的折磨。靜觀導師艾克哈特·托勒（Eckhart Tolle）[6]曾經就思考的力量進行探討。他解釋了我們怎樣沉浸在自己的念頭中，並指出不斷反覆沉溺於相同的念頭，會使我們最終以為那些念頭是真的。而事實上，他估計我們有百分之九十的思考完全是不必要的！

以下的「公案」反映了當人感到親職壓力時，可以帶來負面思緒（「公案」為禪宗術語，指用來參悟疑惑及檢測進程的問題或謎題）

問題一：「單手拍掌」的聲音是怎樣的？

答案：「單手拍掌」的聲音就是「單手拍掌」的聲音。

問題二：「孩子行為不當」的聲音是怎樣的？

答案：「孩子行為不當」的聲音就是「孩子行為不當」的聲音。

問題三：「我的孩子行為不當」的聲音是怎樣的？

答案：「我的孩子行為不當」的聲音是「我管教不善」的聲音、「我應該要做得

⑥ Tolle, E. (1999). The power of now: A guide to spiritual enlightment. San Fransisco, USA: New World Library.

人類不斷進化使其能迅速偵察到危險，以及在遇到模糊的訊號或充滿壓力的情境時，會預想最差的情況。

到」的聲音、「我不是一個好家長」的聲音、「我不知道如何是好」的聲音、「我討厭這孩子」的聲音、「我不應該這樣想」的聲音，以及「我真失敗」的聲音。科恩與威爾遜(Coyne & Wilson)，2004 ⑦

總括而言，人類不斷進化使其能迅速偵察到危險，以及在遇到模糊的訊號或充滿壓力的情境時，會預想最差的情況。而當涉及我們的孩子時，這種反應會更加強烈，還會擴展及應用到一些非危機的處境當中。在那些情境中，我們也許會立即作出戰鬥或逃跑反應，即使沒有任何目的可言。我們也許會為了嘗試控制我們的壓力，開始去細想當中每項細節，卻令情況變得更差。這些都是我們的自動化反應，我們沒有辦法控制它。然而，這些反應可以對我們的孩子帶來傷害！有見及此，我們能做甚麼呢？

答案在於讓自己覺察那些困擾著自己的壓力。透過把專注力放於自己的身體上，我們可以學習於那些充滿壓力的情境去識別壓力。通過靜觀，我們會更熟悉自己身體的變化，以及我們的本能反應。例如，靜坐讓我們學會感到瘙癢，意識到我們有抓癢這種本能反應，並瞭解到這樣做可能只會使情況變得更糟。

透過在受壓時覺察自己及觀察身體變化，我們可以藉此避免訊號透過快速路線馬上進入戰鬥或逃跑反應。透過練習覺察，並於認知層面上看待壓力（思考我們是如何思考的），讓我們能給予自己片刻時間及空間——這已經足夠避免快速路線的訊號、以及激活我們大腦的意識部分。

覺察伴隨著高度緊張而出現的本能反應，能幫助我們延遲自己的自動化反應，並以一個所謂初學者的思維去觀察整個情況。這不但幫

⑦ Coyne. L.W. & Wilson, K.G. (2004). The role of cognitive fusion in impaired parenting: An RFT analysis. International Journal of Psychology and Psychological Therapy, 4, 468-486.

助我們考慮自己的觀點，更讓我們考慮別人的觀點，並在我們作出任何行為前預測後果。如此，我們可以創造出一個能以不同方式回應的空間，並作出理性的選擇、而不是憑直覺行動。當然，只要是您真正希望的話，您仍然可以拖曳您的孩子去上學。然而，這些年來我總是不斷提醒自己，經過考慮回應下的憤怒及自動化反應下的憤怒之間的分別，而後者往往更能反映我的心境。

定期靜觀也可以幫助我們降低自己的壓力水平。我們可以把它變成日常生活的一部分，就像刷牙一樣。由於靜觀有助穩固靈性健康，每天分配時間和空間於靜觀上是十分重要的，能讓自己有一段時間不處於行動模式，只單單與自己同在。剛開始時內心難免會有一些掙扎：您也許會覺得您沒有時間去做這件事、感到疲倦、覺得無聊、認為沒有效用、或為自己坐在一邊無所事事而感到內疚。然而，為了能夠享受靜觀帶來的好處，放手去嘗試是很重要的。因此，就如我們不會問自己喜不喜歡或有沒有時間，卻仍會早晚刷牙，靜觀也可以透過設立特定的時間表，將它變為日常的自我照顧習慣。

練習

練習 3.1
靜坐，留心傾聽聲音與想法
（聲音導航 3）

在這個靜觀練習中，我們會開放自己去感受聲音，包括這個房間裡的聲音、我們身體裡的聲音、以及從外面來的聲音。以一個初學者的心態去欣賞聲音，不去標籤這些聲音為「小鳥」、「車輛」、「孩子」，而是細聽它們的節奏、音調、聲量、音色、聲音的位置、以及聲音是停留或是遠去。然後，我們放下這些對聲音的專注，以一段距離去觀察我們的想法（包括圖像、記憶、內在對話、計劃）。我們不是要去驗證那些想法，而是單純把想法當作是想法，而非真理。我們會發現思考的威力——我們的思考如何立刻把我們帶到另一個情緒狀態中，及我們所思考的是如此漫無目的並把我們從自身經驗中抽離。

練習 3.2

呼吸空間

（聲音導航 4）

每天兩次，在您記得的時候、或透過電話設定的提醒時，檢查自己的狀況。練習需時 3 分鐘，一分鐘一個步驟。您可以使用聲音導航 4，去幫助自己完成這個練習。

1. 覺察當下

選擇一個可以幫助您於這一刻集中注意力的姿勢，您可以坐下、站立或躺臥。如果您希望的話，可以閉上眼睛，在內在經驗裡集中注意力。注意現有的身體觸感、情緒、想法、以及您是否有傾向去做一些事情。為您所有的經驗賦予一些詞語。例如：「這是憤怒」、「自我批判的想法是存在的」、「口渴」、「想離座的意願」。告訴自己：無論這是甚麼，都沒有問題，儘管讓我感受它。

2. 專注於呼吸

把您所有的注意力放在呼吸上。全心全意地跟隨每個呼吸，呼和

吸。您的呼吸無需作出任何改變，只需要跟隨柔軟的節奏……一個呼吸接著一個呼吸。

3. 擴大注意力

擴大您的注意力到全身，包括任何的不適的感覺。好像您全身都在呼吸的感覺。感受自己無論是坐著、站著或躺著時，身體的高度、寬度、容量及重量。注意您的姿勢和臉部表情。盡您所能把這個擴張了的覺察，帶到這天的下一個此時此刻。

練習3.3

觀察親職壓力

這個星期，把注意力放到您的親職壓力上。覺察與您的孩子有關的、讓您感到有壓力的瞬間，並覺察自己的身體和衝動。抱持一個開放、好奇、非批判的態度，並且覺察自己任何與壓力及隨之而來衝動有關的、所抱持的負面甚或是自我傷害想法。

同時，也把您的注意力放到一些提醒您親職壓力正開始影響您的訊號上——您可以透過給予自己一個呼吸的空間，問問自己有甚麼需要（**參考練習2.2**）、或進行一個把手放在心胸上的靜觀練習（**參考練習2.3**），以遠離壓力。您也可以拜託您的伴侶或孩子去識別這些壓力訊號，如果他們也發現到相關訊號，您就知道自己需要暫時停下來，去感覺您身上發生甚麼事，並在需要時進行呼吸空間練習。

以下有七個問題和答案，讓您於感到親職壓力時，在您的記事本中自行作答。

1. 現在是甚麼情況？

我的孩子明天在學校有一個測驗，但他卻忘記了自己要做甚麼。然而，他現在卻害怕致電予朋友尋求幫助

2. 我的身體感覺或狀態如何？

熱、心悸、冒汗

3. 我察覺到甚麼情緒？

焦慮、惱怒、憤怒

4. 我腦海裡浮現甚麼想法？

如果他維持這個態度的話，他不會在學校或人生中表現出色；他這樣做是為了為難我；我不應受到這樣的對待

5. 我覺察到甚麼樣的衝動？

我有衝動想憤怒地應對整件事、我有衝動離開現場、我有衝動大叫

6. 我有沒有運用呼吸空間或對自己抱有慈心？

有，我運用了呼吸空間

7. 效果怎樣？

即使我感到煩躁，我同時也對孩子感到抱歉。他有盡力去嘗試，而我也察覺到自己的擔憂

4

第四章

家長的期望，孩子的本質

無限的可能性

您不知道您的孩子的本質。
您說他們是屬於您的，
但他們屬於一個更大的奧秘。
您不知道這個奧秘的名稱，
但您是孩子真正的母親和父親。
您的孩子在出生時充滿著不同的可能性。
為這些可能性設立限制不是您的職責，
不要對他們說，
「這個和那個是可行的，其他是不可行的。」
他們自己會發現甚麼對他們是可行的，
以及甚麼對他們是不可行的。
您的職責是幫助他們保持開放，
去面對生命的奇妙奧秘。
問自己一個有趣的問題，

「我對自己設下甚麼限制，
是我一直以來沒有發現的？」

讓孩子的視野比您的還要廣闊是很困難的，
由今天開始做些事，
去突破自己先入為主的想法，
然後牽著孩子的手，
溫和地鼓勵他們做相同的事。

——《家長的道德經》①

在我的家庭中，成為一個有成就的人是很重要的。我的姐姐最近提醒我，以前如果我們的學校成績達到第七級，我們會成為「全脂牛奶」，達到第八級時便會變成「忌廉」。她記得她以前獲得的是「全脂牛奶」，而我獲得的是「忌廉」。即使到現在我也能感受到她在這種比較下的痛苦。然而，我已經想不起我曾被稱讚為「忌廉」，我只記得她在很多讀書以外的東西都比我好，例如運動。

我的父母和兄弟姊妹都十分擅長運動。他們成立運動隊伍，贏得獎項，並有很強的持久力，特別是在游泳及溜冰上。我只記得打曲棍球時很冷和很潮濕、我害怕會被球打中、擔心傳球會出現失誤、以及與其他女孩一起洗澡不太舒服。我記得在滑雪比賽中敗給我的妹妹有多難堪，以及他們在我再次摔倒時的大笑聲。我寧願留在自己溫暖舒適的房間，寫日記或聽音樂。直到現在，大概過了半個世紀，我才察覺到這些對我的成長都很重要。然而，我卻想不起我的父母曾對我自己一人躲在房間做甚麼感到興趣。

對於大多數父母來說，第一個孩子出生時，怎樣看他或她都是完美的。然而，這個把孩子完美化的傾向，可以在後期孩子的成長過程中，導致失望的感覺。布芮尼 布朗（Brené Brown）是一名專精於脆弱、完美主義和羞恥感的研究員和作家②，她曾於一個著名的TED講座中說道：「我們應該抱著我們的初生嬰兒，並跟他／她說：『您是一個不完美的人（和我們一樣），但您值得我們無條件的愛及關懷。』」③

如果一個孩子在彈琴方面展露天賦，我們會對他的第一次表演抱有幻想；如果她寫作能力很好，我們會想像她未來是個作家；如果他擅長於思考，我們會想像他未來會是個學者；如果她擅長踢足球，我們會想像她是一個專業足球員。我們總是偷偷地希望我們的孩子有一些特別的天賦，以及我們會因此獲得一些間接的讚賞。「他的天賦是遺傳自我的。」

孩子的成績、他們就讀的大學、從事的工作、他們有多漂亮、多受歡迎、多聰明、多好動、多有創意，或任何其他他們能證明自己的天賦——這些孩子的成功，都是家長認為能提升我們社會地位的元素。倘若我們的孩子不是成功的，我們會認為這反映了我們自身一些負面的素質。當從其他家長口中得知他們的

① Martin, W. (1999). The parent's Tao Te Ching: Ancient advice for modern parents. Philadelphia, USA: Da Capo Press.
② Brown, B. (2013). The power of vulnerability: Teaching of authenticity, connection and courage. Louisville, USA: Sounds True.
③ Brown, B. Tedtalk, The power of vulnerability, https://www.ted.com/talks/brene_brown_on_vulnerability

孩子做得有多好時，我們很難單純為其他孩子的成功而感到高興、和享受別人作為家長的那份驕傲。在我們的潛意識中，我們傾向將他們的情況和自身作比較，因而感到自己很渺小。

一套源於佛教、稱為「無我」（Anatta）的概念（即「沒有自己」）可以在這情況下幫助我們。「無我」指出，沒有永不改變、永久的自我。羅恩·西格爾（Ron Siegel）對此作出解釋：

「如果我們持續進行簡單的靜觀練習，我們會發現，一個連貫而永恆的自我印象只是錯覺，這錯覺依靠那些圍繞著「我」的內心獨

在現實中，我們從來沒有真正遇到，那個經常在我們思想中的男或女英雄、那個『我』。

白而存在。從日常生活的決定（如晚餐吃甚麼）、到對致命疾病的生存恐懼，那些持續的內心獨白充斥著我們所有清醒的時刻。當不斷聆聽著這些內心獨白時，我們開始深信這個劇場是存在一位主角的。然而，如果我們堅持持續和經常地靜觀練習，這種個人價值的想像就會被破解。在現實中，我們從來沒有真正遇到，那個經常在我們思想中的男或女英雄、那個『我』。」④

如果我們從「無我」的角度來審視親職，我們將如何體驗作為父母這回事？察覺沒有真正的、不變的「我」、「我的」？他們不是我的孩子，而只是孩子？這不是我的家人，而只是一個家庭？以及不是我的親職，而只是親職？這些將如何影響我們對孩子的期望？以孩子的教育作為例子——我們對孩子學業上的期望，有多少是基於我們自己的教育、父母自己的期望？換個角度看，這些會否是他們父母的期望，而先於孩子自己的期望？

當我們意識到沒有真正的「自我」，縱使孩子遺傳了我們的基因，他們不是屬於「我們的」；我們由此可以不再把自己視為全方位的

④ Siegel, R. (2016). Congres Achtsamkeit und Mitgefühl in Therapie und Gesellschaft, Freiburg, 23-25 sept., p.c.

重要，並停止不斷拿自己的孩子和別人作比較。這讓我們終於開始關注孩子實際所經歷的、有甚麼是真正啟發和激勵他們的，而不光是讓他們達成自己的期望。練習靜觀親職，就是瞭解自己孩子的本質，而不是把他們視為自己的延伸，並把自己的期望投射在他們身上。當中有許多期望，往往與我們父母對自己的期望相同，而我們自己也未能達成。

但父母的期望對孩子有何影響呢？所有孩子都希望被愛和被關注，當他們意識到，只要自己能達成父母的期望就會得到愛和關注，他們往往會遵循並盡力實現我們所設定的目標。作家格里特・奧德・貝克（Griet Op de Beeck）曾說：「父母對孩子沒有無條件的愛，只有孩子對父母無條件的愛。因為我們的孩子完全依賴我們並且無條件地愛我們，所以他們會努力專注於能取悅父母的事物。但是，這樣做會使他們冒著失去自己真實性的風險——失去自己的風險。」[5]或引用文學教授約瑟夫・坎伯（Joseph Campbell）的話：「如果我們遵循別人的方式，我們將無法發揮潛力。」[6]

我女兒的拉丁文老師曾經告訴我，他曾幫助她與表現焦慮打交道，縱使她不相信自己有這種焦慮。我很好奇他是怎麼做到的。他解釋說：「零情感轉移！」現在，作為一位心理治療師，我理解何謂「情感轉移」——當患者試圖推開自己的特質或情緒時，他們會將自己的感受、願望和經歷（尤其是與父母有關的經歷）投射到治療師的身上。我以前從未想過教師也可以投射到學生身上。大概因為我看起來很困惑，因此他繼續說道：「因為她很聰明，我學會了不再對她寄予厚望。」這番說話讓我停下來思考，也教會了我重要的一課——我投射在女兒身上的期望。

讓我們更加留意的是，我們對孩子和自己的期望、父母對我們的期望、甚至是祖父母對我們父母的期望。讓我們思考一下，這些期望如何對我們產生正面及負面的影響。每位孩子都希望父母對他們的模樣感到滿意，並希望得到父母的稱讚，而不是需要努力才能得到父母的愛。他們希望父母能接納他們現在的模樣。這和我們希望從伴侶身上、或伴侶希望從我們身上尋找到無條件的愛是一樣的。

練習靜觀可以幫我們退後一步來觀察自己的想法，而不是認同那些想法。這樣做可以幫助我們認識到，我們有多擔憂自己在群體中

⑤ VPRO (2016, 21 augustus). Zomergasten in vijf minuten – Griet op den Beeck [Video file]. Obtained from: https://www.youtube.com/watch?v=E8e1HI0ACQQ

⑥ Campbell, J. (1990). The hero's journey: Joseph Campbell on his life and work. Novato, USA: New World Library.

的社會地位。誰住在最大的房子裡、穿得最華麗、擁有最吸引人的伴侶、過著最有趣的生活並擁有最幽默的朋友?作為父母會想:誰的孩子在公共場合中表現得最好、最聰明、最漂亮、最富有、最富有運動細胞和最受歡迎?問題是,儘管我們在某些方面比別人更好時會感到短暫的幸福,但總會有其他方面我們表現比別人差。所以我們的目標不應該是追求完美,而是要有全面的發展,並且發展自己的不同面向。

當孩子因為沒有被挑選進入足球隊而回家後一臉失落時,我們可能會鼓勵他說:「沒關係,您是全班最好的跑步選手!」但是作為父母,比起鼓勵他們,與他們分享我們自己失敗的經歷可能對他們更有幫助。例如我們可以舉一個自己童年時失敗的例子:「我記得以前在學校玩遊戲時,最後一個被人選擇成為組員的感覺。我當時覺得自己很渺小,好像沒有人願意在我身邊,感覺真的很難受。」透過這種方法,我們才能真正地與孩子所經歷的苦難連結起來。如果我能記起自己曾經歷的事情和當時需要些甚麼,即是當我等待被別人選擇卻最終成為「被挑剩」的時候,可能我會更明白孩子正在經歷些甚麼,以及我能如何幫助他。

此外,如果我們完全沒有處理小時候的痛苦,成年後我們往往會選擇避開這些痛苦。

如果我們的孩子遇到類似情況而避開時，這種做法是無濟於事的。我曾經告訴自己：「我可能不擅長打排球，但我比他們聰明！」，我希望以這種方式來掩蓋自己沒有被挑選的痛苦。但是現在，如果我也對我的孩子說同樣的話，我不但會繼續避免想起自己的痛苦，更會教導我的孩子也不要照顧他們自己的痛苦。當我們感到被忽略時，被激活起的大腦部分與身體感到疼痛是相同的，所以被別人排斥真的很痛苦。一個實驗顯示，被社會排斥的人服用阿士匹靈後能減輕疼痛的感覺⑦。阿士匹靈的作用在於給予人一種舒適和支持的感覺，這種感覺您可以從別人身上尋求得到，也可以透過自我關懷給予自己。

當我們想到期望時，我們通常會想到一些不切實際和崇高的目標，引起焦慮和壓力。然而，過低的期望也可以阻礙孩子的發展。當父母不支持孩子的興趣和抱負時，例如：因為父母不是大學生而勸阻他們的孩子去上大學，這樣其實是無法認識孩子的本質和本性。

刻板印象的期望也可能會傷害孩子。由於父親本能地把更多期望寄託在男孩身上，所以只有姊妹的女孩通常會發展得比起有兄弟的女孩更好。這樣的情況也出現在女子學校上：因為在男女校裡老師對男孩的期望相對較高，所以唸女校的女孩通常會比唸男女校的女孩有更大的成就。實驗研究顯示，當三歲大的小朋友在實驗室中執行任務（例如：扔球、拼圖）時，即使兒子和女兒表現一樣出色，父母也會給予兒子更多正面評價，而給予女兒更多負面評價⑧。研究也發現，父母的負面評價與孩子在執行這些任務時有更多的羞恥感相關。這類研究顯示出父母的期望會因為背景和性別的刻板印象等因素而有所不同，以及這些不同的期望如何影響我們的孩子。

總括而言，父母傾向於把自己的期望「投射」到孩子身上，而這些期望其實是不符合孩子的本質，並且會阻礙他們的發展。這些期望通常源於家長太以自我為中心，把孩子視為自己的延伸。這些期望也可能是基於我們自己無法實現的期望，因而希望透過孩子實現，甚至可以是我們父母對我們的期望。而這些期望受到如性別定型等文化因素的強烈影響。

孩子是獨立的，應該擁有權利決定自己如何發展，我們不應因為自己的期望而為他們造成負擔。正如愛因斯坦所說：「如果人們僅僅因為害怕懲罰及希望得到報酬而表現良好，那確實是一個遺憾。」

⑦ Nathan DeWall, Laboratory of Social Psychology, University of Kentucky.

⑧ Alessandri, S. M., & Lewis, M. (1993). Parental evaluation and its relation to shame and pride in young children. Sex Roles, 29, 335-343.

練習

練習 4.1
靜觀觀察

坐在或站在窗前，進行五分鐘的靜觀觀察練習（設置鬧鐘）。

首先，花些時間去感受身體的坐姿或站立姿勢，以及與地面接觸的感覺。然後，以一個初學者的心態望向窗外，好像您是第一次看到這景觀一樣。盡量仔細地觀察，不要為事物加上任何標籤，例如不要把它想為是「鳥」、「樹」或「汽車」，而要看它的形狀、光線、陰影、顏色、動作。您可以放大一些細節去看，然後再縮小那細節，回來看整體的景觀。

留意您的注意力是否停留在某事物上，也許是因為您發現了它們的美麗而忽略了其他沒有吸引力的事物。嘗試放下對特定事物是否美麗的預設，並通過接受和歡迎所有事物來練習沉靜。

另外，留意您在靜觀過程中的感受。您可以想像自己是一隻貓，躺

在窗台上望著窗外；或是一名攝影師或藝術家，想要捕捉此畫面。然後記下您的經歷。

您可以在這個星期內練習靜觀觀察數次。練習不一定要在窗戶前進行，也可以在其他地方如客廳裡進行。嘗試放下您所有的意見，不要視客廳為「不整潔」或「骯髒」，而是將其視為您希望要繪畫或繪製的樣子。如果有需要，您也可以真的繪畫或繪製出來。您也可以用五分鐘觀察花瓶內的花，或在公園的長椅上看風景。不論在甚麼場景，只要不帶任何批判並以初學者的心態，都可以進行練習。

練習4.2
全神貫注的互動

這個星期，每天與孩子全神貫注地互動五分鐘。這可能是一起玩耍、聊天、在花園裡做點甚麼或一起煮飯之類。在這種互動過程中，採取一種不控制孩子的方法，看看孩子會做甚麼並加入其中，而不是去操縱孩子應該與您做些甚麼。如果您有想操縱的衝動，觀察這個想法並放下它。進行此練習時，請記得關掉手機和其他會造成干擾的物件。雖然五分鐘可能看來很短，但是大部分人會感覺這是一段很長的時間，因為我們不習慣專注於某一事物五分鐘。此外，也請記下您的經歷。

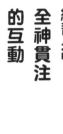

練習4.3
觀察本質

在不同時間觀察您的孩子，例如當他們在玩耍、閱讀、放鬆、交談或玩遊戲時。他們對甚麼特別感興趣？有甚麼吸引了他們的注意力？有甚麼讓他們感到開心？有甚麼激勵了他們？

嘗試找出一些您通常不曾注意的時刻、活動和情況。回想一些您可能厭惡的事情（如：特定的電腦遊戲）、您認為您不能理解的事情、可能與您典型的性別期望不符的事情、或一些您通常會給孩子私人空間的時刻，例如當他們獨自一人在房間時。

練習 4.4
反思期望

據您所知，您的父母對您有甚麼期望？把那些期望寫在筆記本上。這些期望怎樣幫助或阻礙了您成長為一個完整的人？

您對孩子有甚麼期望？把這些期望記錄下來。這些期望對您的孩子造成甚麼負擔或樂趣？這些期望如何幫助或阻礙您的孩子成長為一個完整的個體？

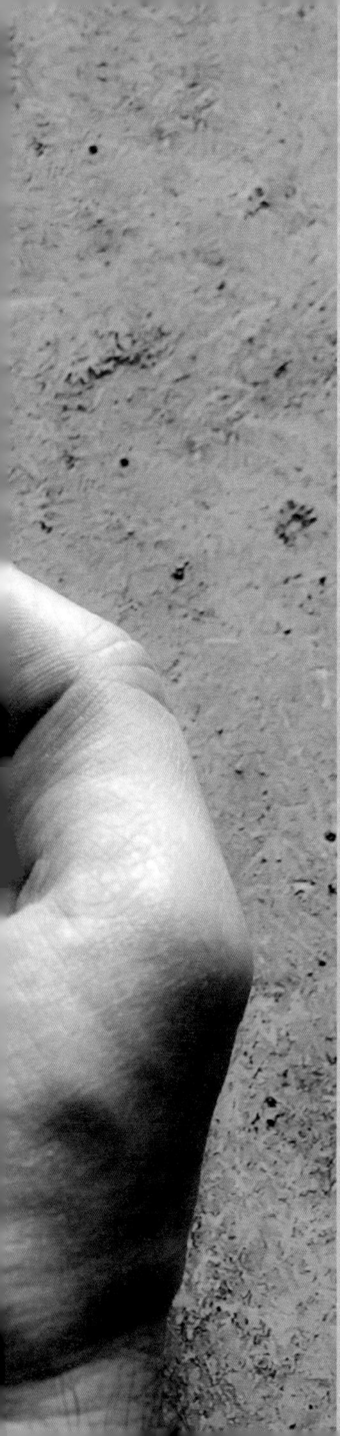

5

第五章
破裂和修復：加深關係

「我們不斷重複我們沒有修補的事。」
——克里斯汀・蘭利・奧博（Christine Langley-Obaugh）①

當人們緊張對方並長時間相處時，少不免會發生衝突。兄弟姊妹平均每小時爭吵一次；父母平均每天會與青少年子女吵架一次。當我們聽說西方國家有40%以上婚姻會以離婚終結時，我們不難想像在每個家庭中都會發生不少爭執。

家人之間互相爭論其實是合情合理的，因為每個人都有自己的目標，而這些目標往往未必一致，或會造成衝突。假如妹妹早上的目標是要確保她在上學時外表漂漂亮亮，所以需要在洗手間準備一段時間；而哥哥的目標則是爭取每分每秒睡覺至最後一刻才準備上學。那麼如果家中只有一間浴室時，他們很有可能會因此發生爭執——例如有人鎖上浴室門——這些家長認為瑣碎的爭執。也許這就是為甚麼雖然現在的家庭平均居住人數減少，但許多房屋的標準配置也有兩間浴室。

我仍然記得我現時的成年子女，在當年年幼時，是如何坐在那細小的黑白電視前，爭論著誰人可以看甚麼節目。後來當我們有了電視遙控器時，他們便爭論誰可以控制那遙控器。這就是為甚麼現在很多孩子在自己的房間

① https://www.tribuneindia.com/news/thought-for-the-day/we-repeat-what-we-don-t-repair-christine-langley-obaugh/379810.html

都設有電視，可能只是為了防止這些爭論。

最近，我悄悄知道我兩位青少年侄女之間的激烈爭執。我們整個大家族——三代人加起來總共有二十五人或以上，一起共度溫馨的聖誕節慶祝活動。我們逗留在樹林裡一間舊式小屋中（只有一間浴室！），侄女們的床上方有插座可以讓手機充電一整夜。較年幼的侄女因收到了一個臉部按摩器為禮物，她便把它插在自己的充電插座上，又把自己的手機插入姐姐的充電插座中。當姐姐從插座上取下妹妹的手機，並換上自己的手機以充電後，爭論便開始發生，並持續了一個小時仍未解決。作為他們的姨媽，我和她們在同一間房間睡覺，我從被窩裡好奇地偷偷聽到了她們衝突的各個階段。首先她們要求母親進行調解，然後再找她們的父親；但是即使在父母離開了後，她們仍在爭吵，直到兩人都因為精疲力盡而入睡才停止。

父母的處理方法給我留下了深刻印象——他們怎樣各自以自己的方式來解決孩子的衝突、他們怎樣處理自己的壓力、以及他們在孩子面前沒有詆毀自己的伴侶（**可參見第六章**）。我很好奇他們是否會對於孩子為爭奪充電插頭這些微不足道的事而大吵感到惱怒或尷尬？他們會否因孩子於夜闌人靜時在小房子裡大叫而感到歉意？他們會否擔心其他家人怎樣想他們？還是他們只會覺得孩子們被寵壞呢

（「他們得到禮物就吵架了！」）？

但是我也很欣賞我的侄女們——她們怎樣表達自己的沮喪和憤怒。我很好奇若我在兒時也能這樣做的話，我的發展會有甚麼不同。我很好奇如果自己那時也能感受到那種自由——那種不害怕發脾氣會破壞家庭氣氛，而令父母、兄弟姊妹或其他人發怒的自由。我甚至有些嫉妒我的侄女們有那種可以如此肆無忌憚地發洩沮喪的安全感。說到底，爭執和衝突都是健康的，我們唯一能做的是提供一個安全的家庭環境，讓孩子們可以表達他們的憤怒，即使那些憤怒是不合理的。但是要實現這目標，我們必須努力。

爭吵看起來可能像是感情出現破裂，但每一次爭吵都是讓彼此更加親近、並讓關係有進一步的發展機會。對我而言，我非常瞭解對孩子表現出可自控的憤怒，與因為疲倦、壓力或陷入困境而突然發脾氣兩者的區別。我清楚地記得一次我失去自控的經驗。當時我剛離婚，在一個愉快的星期三早上帶著當時分別六歲和三歲孩子去游泳。這是一個會員專用的游泳池，位於市中心但種滿了綠色植物。我們一直在候補名單上，直到離婚後才正式成為會員，那裡總是有我的朋友和熟人。那天我們度過了愉快的時光——在草地上野餐、在陽光下孩子們與其他人一起在玩沙和水。我由心而發地細味他們享受的感覺，我很高興儘管離婚了，我們仍然能擁有這些快樂及美好的時刻。時間彷彿在當下凝住，我好像能夠比以前更好地感受這種幸福。

當我們終於不得不離開去處理其他重要事情時，那事情實在重要得我已經忘記它們是甚麼……但是我的兒子故意不換衣服、到處徘徊和躲藏以延長我們逗留在泳池的時間。同時，我還必須留意兩歲的女兒，她到處亂跑讓我很擔心她會遇溺——就像我母親以往擔心我一樣。為了證明自己可以在沒有男人在旁下處理所有事情，即使我已經要照顧兒子，我卻沒有請任何人照顧我的女兒，我只可獨自處理當時的狀況。

我已經不記得自己是怎麼做到的，但最終我們騎著自行車回家。我帶著我們所有的行裝騎著自行車，而女兒坐在附屬的座位上。我兒子在旁邊騎著他的自行車。我很高興我們能夠安全及準時地離開，但我仍然感到生氣並責罵我的兒子。兒子突然將自行車騎至另一方向——然後跳下自行車，將其扔到路邊，並逃跑了。我也停下及離開自行車、抱著女兒追趕著兒子，並用盡全身的氣力向他尖叫。當我終於找到兒子時，他開始哭泣並看著我說：「媽媽，當您對我生氣時，我感到自己一文不值。」我沉默了。這是兒子給我的禮物——他清晰的表達，我意識到自己的行為對他的影響。這是我必須學習的功課，也是我現在需要修補的關係。

傑里·劉易斯（Jerry Lewis）說過，其中一種最能令人成長的重要關係，就是父母與孩子的關係②；而其他重要關係包括伴侶關係，和治療師與服務對象的關係。科學研究和臨床觀察顯示，我們與重視的人有強烈的情感聯繫；如果我們能在關係破裂時進行修補的話，有助孩子和父母的個人成長。我們可以在一生中不斷成長，引用喬治·威蘭特（George Vaillant）的話：「非常幸運的是，

② Lewis, J. M. (2000). Repairing the bond in important relationships: A dynamic for personality maturation. American Journal of Psychiatry, 157, 1375-1378.

「媽媽，當您對我生氣時，
我感到自己一文不值。」
我沉默了。這是兒子給我的禮物。

將我們敬佩的人的素質內化在自己身上，永遠不會太遲。」③通過內化一些我們重視的人的可敬素質，讓他們為人行事的準則成為自己的身份，能使我們變得成熟。與重視的人建立強烈的情感連繫、並修補由衝突引起的破裂，能促進內化的過程。在這過程中，衝突和修補是不可或缺的。

關於依附的研究，以往主要集中在母親對孩子的敏感性和適應性、以及在互動中的同步率上。但是，當研究人員維寧·比林格（Zeynep Biringen）和他的同事④從細節分析母親與孩子互動的影片時，他們發現只有三分之一的母親是完全和孩子的情緒狀態協調。另外三分之一的母親在發現自己跟孩子不協調時，能重新修補自己缺乏適應力的問題。而最後三分之一的母親未能成功地與自己的孩子協調。

研究人員得出的結論是，當母親與孩子之間缺乏這種同步，而母親可以在孩子抗議時調整自己，這能夠建立和促進親子之間的連繫。當母親不理解孩子時，孩子會變得絕望；當母親能解決這些問題時，孩子則會感到歡欣。這種修補能增加孩子對母親的信任，也增加孩子的自信——自己有能力影響親子關係。研究人員還發現不協調的互動能教會孩子認知有時候自己必須獨處並安慰自己。

形成和修復破裂的過程，不僅對早期的母嬰關係很重要，也對後期的親子關係很重要。蓋伊・戴蒙德（Guy Diamond）及其研究小組⑤研究了戲劇性的破裂對青少年與父母之間關係的影響——例如遺棄和未解決的創傷。他發現，這種破裂從根本上破壞父母與

③ Vaillant G. E. (1993). The Wisdom of the Ego. Cambridge, Harvard University Press, p. 8.

④ Biringen, Z., Emde R.N., & Pipp-Siegel, S. (1997). Dyssynchrony, conflict, and resolution: Positive contributions to infant development. American Journal of Orthopsychiatry, 67, 4–19

⑤ Diamond, G. S., Wintersteen, M. B., Brown, G. K., Diamond, G. M., Gallop, R., Shelef, K., Levy, S. (2010). Attachment-based family therapy for adolescents with suicidal ideation: A randomized controlled trial. Journal of the American Academy of Child and Adolescent Psychiatry, 49, 122-131.

孩子的依附關係，並可能導致孩子試圖自行解決複雜的情緒問題，卻經常嘗試失敗，有時甚至導致嚴重情況或自殺傾向。

戴蒙德發展「依附為本家庭治療」，以幫助父母和青少年修復此類型的關係破裂。他向青少年提出重點問題：「是甚麼令您在希望結束生命的時候卻不向父母尋求幫助？」研究證明，此治療對減輕青少年的抑鬱症狀和自殺傾向非常有效。父母通常認為，當孩子到達青春期時，教養最重要的部分便完成了，所以父母與青少年的關係變得沒那麼重要。這是絕對錯誤的。當青春期的孩子開始挑戰權威並嘗試變得更加自主時，安全的依附關係以及修復破裂的親子關係尤其重要。一段安全的關係讓孩子有信心去探索世界和犯錯，因為他們知道自己永遠能重返安全的避風港。

伴侶互動關係的研究發現與親子互動關係的研究發現類似。約翰·戈特曼（John Gottman）的研究小組[6]進行的一系列研究顯示，雙方的生理壓力從心跳率顯示在伴侶發生衝突時會增加，而在衝突解決後則會降低。與我們預計的相反，男性的生理壓力比女性的增加幅度更多，即使他們表面上表現出來的是更少。凱蔻格拉瑟（Janice Kiecolt-Glaser）的研究小組[7]通過觀察內分泌系統（荷爾蒙）和免疫系統功能，得出類似結論。當衝突未能解決時，這些系統的功能就會降低，這當然對我們的健康有害。相反，解決衝突可以使這些系統的功能得以改善。

馬克·卡明斯（Mark Cummings）和其研究小組⑧發現，伴侶之間未解決的衝突會對注意到這些衝突的孩子產生負面影響，而影響程度往往比父母預計的大得多。這些研究還顯示，無論衝突是否已經解決及解決了多少，父母如何解釋衝突及如何處理衝突很影響有多能夠消除對孩子的負面影響。

總括而言，早期和晚期親子關係以及伴侶之間互動的研究均顯示，正常的衝突和隨後解決爭執的重要性。作為父母，我們傾向不重提衝突，特別是當孩子在衝突後再次歡樂地跑來跑去。我們希望並假設他們已經忘記，並且認為只要我們不再提起，這些爭執便不會保留

⑥ Gottman, J.M., Krokoff, L.J. (1989). Marital interaction and satisfaction: a longitudinal view. Journal of Consulting and Clinical Psychology, 57, 47-72.
Gottman, J.M. (1993). A theory of marital dissolution and stability. Journal of Family Psychology, 7, 57-75.

⑦ Kielcolt-Glaser, J., Malarkey, W.B., Chee, M.A., Newton, T., Cacioppo, J.T., Mao, H., & Glaser, R. (1993). Negative behavior during marital conflict is associated with immunological down-regulation. Psychosomatic Medicine, 55, 395-409.

⑧ Cummings, E. M., & Davies, P. T. (2002). Effects of marital conflict on children: Recent advances and emerging themes in process oriented research. Journal of Child Psychology and Psychiatry, 43, 31-63.

在孩子的長期記憶中。不幸的是，我們的想法錯了。孩子其實善於將事物隱藏起來並繼續前進，但這並不意味著以往的衝突對他們的身心系統沒有影響。當家長無法自控地生氣，而事後卻沒有解決的話，我們可能對孩子造成真正的傷害。

我們經常不重提衝突的另一個原因是，我們對自己的行為感到內疚。承認自己對孩子的不合理憤怒而感到內疚，是修補破裂過程中的關鍵部分。因為如果我們能夠鼓起勇氣承認自己的錯誤、並且意識到所有父母都會犯下類似的錯誤，那麼我們就不再孤立自己，並重新與我們的孩子聯繫。

父母不合理的生氣通常源自於壓力，可能是工作的煩惱、與伴侶的衝突、睡眠質素不佳、迫在眉睫的期限、處於匆忙的狀態中、擔心孩子在學校的表現等。這些事情，都可能導致我們失控。不合理的反應也可能源於已建立的習慣模式——換句話說，如果以前發生過類似的衝突，隨著時間，我們會逐漸表現出相同的反應。就像是一齣戲，每個角色都知道並演出自己的台詞。

在更深的層次上，家長自身的成長經驗和以往的創傷，也可能引起不合理的反應。在一個靜觀親職小組中，一位父親分享他因為兒子在學校行為不端，便失去理智並掌摑自己的兒子。當我們分析這些情況時，我們發現這位父親的行為來自於他過去在寄宿學校的生活；他整個青春期都與家人分開而住在學校中。在那所學校，每當他違反規則時都會受到體罰，由於他的衝動，這種情況經常發生。他擔心跟他同樣衝動的兒子會因為行為不端而遭受類似的痛苦，這位父親將自己以往受過的傷害重複加諸在兒子身上。

無論與我們發生衝突的是孩子、伴侶、前伴侶、上司或員工，我們的身體都會發生變化，包括：心跳加速、呼吸急促、肌肉緊張、臉紅或出汗。這些都是壓力的跡象，代表我們的身體釋出腎上腺素荷爾蒙。在第三章中，我

們認知腎上腺素使我們能夠透過大腦中的「快速路線」迅速地為「戰鬥或逃跑」作準備，這是在面對真正危險時的一種非常重要的生存技能。這種生存反應還令我們的視野和觀點變得狹窄而集中，判斷力和反應非常快速。

但是，快速反應的代價是失去謹慎的決策和以多角度分析的能力。我曾經在光天化日下在家中遇到強盜。當時我正在家中的前室工作，抬頭時看見一個陌生的男人回頭看著我。我嚇得馬上跳起並對他大叫，然後他從後門逃跑了。當我追著他跑到花園時，他跳過籬笆後便消失了。那時，我一秒鐘也沒有停下來思考我的行動方針。我的身體立刻作出了反應，令我感到驚訝的是我可以跑得那麼快、更驚訝的是我竟然把他嚇跑了。當我們與孩子發生衝突時，雖然並沒有任何真正的危險存在，但我們的身體卻使我們認為如此。

除了因壓力而引起的戰鬥或逃跑反應外，還有另一個因素阻止我們解決衝突，那就是我們的「自我」。「無我」，即「不存在自己」的概念，可以幫助我們。究竟是甚麼令我們很難為自己的行為去道歉以解決衝突？那便是我們的「自我」在對抗，我們強烈地依附在完美的自我形象中，而卻要接受自己犯錯。我們想成為模範父母，我們亦告訴自己是模範父母，但若向自己和孩子認錯便會證明我們的形象是錯的。「無我」的概念可以怎樣把我們解放出來？它讓我們發現我們所描述有關於自己的故事，不論是一個怎樣的父母、伴侶、同事或朋友，實際上只不過是一些我們自己建構出來的故事。如果我們真的能夠相信，我們的「自我」只不過存在於自己的腦袋之內，爭執是否頓時變得容易解決呢？

除了壓力和「自我」之外，父母的角色也可能會阻礙我們解決衝突。作為父母，意味著成為孩子較年長和較明智的領導。這可能會令我們誤以為必須經常比孩子更有智慧。然而，真正的智慧有時代表我們能承認自己的行為不明智。因為我們害怕損害自己作為父母的權威和尊重，這也許令我們很難向孩子說對不起。然而，我們要記得尊重和權威是我們賺取得來的。

我的女兒就讀在一所「全員參與學校」（sociocratic school），此校運用集體決定的自由教學模式。她告訴我她從馬蒂斯·範·祖特芬老師（Mathijs van Zutphen）學到重要的一課。一群學生正在收集營火會中要用的木頭，卻沒有意識到那些看上去只像一堆鬆散樹枝的木頭，其實是學校較低年級同學的「小屋」。其中一名的低年級同學發現他們小屋受到破壞時，他非常生氣並請老師到來。老師專心聆聽此孩子的抱怨，然後與學生討論如何重

「如果想要被尊重，
就必須先給予別人尊重。」

建「小屋」。其後，老師告訴他們：「如果想要被尊重，就必須先給予別人尊重。」

在爭吵之後修復關係時，作為父母的我們傾向認為自己應該同時嘗試教導孩子，給他們上一課。「我的反應的確太大，**但**是您也……」然而，我們可以給孩子們的重要一課，正是我們剛才討論的內容：只有在冷靜下來後，我們才能從不同的角度看待事情，意識到沒有人是完美的；每個父母都會犯錯，並能為我們的錯誤而全心道歉[9]。如果孩子們看到我們能夠這樣做，他們便會有一個清晰的榜樣，示範如何在自己的生活中實踐。我們與孩子的關係是孩子與他人關係的重要藍圖，如果我們不能為自己的錯誤道歉，那麼我們如何期望他們學習做同樣的事情？

修補破裂需要理解對方的感受、意圖和慾望，換句話說，要從對方的角度看待事情，以想像他們可能的想法、感受和需要。孩子們在發展的過程及與他人的互動中，學習以不同的觀點看待事情。而且，正如彼得．弗納格

⑨ Siegel, D.J., & Hartzell, M. (2003). Parenting from the inside out. New York: Penguin.

（Peter Fonagy）研究小組⑩的實驗顯示，小孩的觀點意識一直持續發展至成年初期，因此青春期是培養此能力的重要階段。那些能夠從孩子的觀點看世界並瞭解他們感受和需要的父母，能夠教會孩子去理解其他人的觀點和需要。

形成觀點視角需要時間。這是一個緩慢的過程，需要通過我們大腦中較慢的路徑，而「快速路線」則對我們來說沒有幫助。想要解決衝突，我們必須使用腦額葉的更長路徑，那是我們大腦中用來理解他人觀點、從不同角度觀察情況、並評估行動可能所帶來後果的部分。

催產素（一種又稱擁抱激素或依附激素的荷爾蒙）能使我們感受到同理心和慈心，與他人聯繫並理解別人的觀點。當我們愛撫動物、與人接觸、微笑、擁抱、墜入愛河和進行性行為，甚至在練習靜觀時都會釋放催產素。腎上腺素使我們遠離他人，只相信自己的自我中心判斷；而催產素則相反地讓我們聆聽他人、關注他人的論點，並對別人的觀點持開放的態度⑪。

我們可以通過遠離衝突的情境並運用呼吸空間去注意身體的壓力，並告訴自己：「沒關係，讓我感受它！」這種方式的自我關懷為我們製造距離和空間，讓我們看見自己和他人的觀點。唯有如此，我們才能反思自己的行為，為自己所犯的錯誤道歉，並解決衝突。作家卡爾．奧韋．諾斯加德（Karl Ove Knausgård）⑫

完美地描述了父母當局者迷的憤怒和旁觀者清的距離，及兩者之間的張力。

「正如我所寫的那樣，我對她（兩歲的海蒂）充滿溫柔。但這只是紙上談兵。實際上，當清晨外面的街道仍然冷清平靜、屋子裡聽不到聲音時，她站在我面前，渴望開始新的一天。我命令自己站起來，穿上昨天的衣服，跟著她進入廚房，在那裡有答應了給她的藍莓味牛奶和無糖牛奶早餐。於我而言，這不是我所理解的溫柔。而且，如果她超越了我的容忍度，例如：纏著我要看電影、或者試圖進入約翰（嬰兒）正在睡覺的房間——即每次她不接受被拒絕而又不斷糾纏時，我受到的刺激轉變成憤怒的情況並不罕見。當我嚴厲地對她說話，她淌著眼淚、低下頭、垂落著肩膀時，我仍認為這樣做是對的。直到晚上他們睡著了，我坐下回想，我所做的究竟有否給予年僅兩歲的她反思空間？但在那時，我已經是站在局外看了。在局內的我卻沒有機會。」

《我的奮鬥》第一冊 卡爾．奧韋．諾斯加德

（Karl Ove Knausgård）

⑩ Fonagy, P., Gergely, G., & Jurist, E. L. (Eds.). (2004). Affect regulation, mentalization and the development of the self. Londen: Karnac books.

⑪ Gilbert, P. Human nature and suffering. Routledge, 2016.

⑫ Knausgard, K. O. (2012). My Struggle. Book one, Brooklyn: Archipelago Books.

練習

練習 5.1

靜觀步行

（聲音導航 5）

當我們與別人爭論時，以散步的方式幫助降溫的策略，已有數百年歷史了。靜觀步行就是其中一個版本。它適用於各種各樣的日常情況——從將嬰兒車推到商店、乃至在工作時步行到打印機——而在您發生爭執或遇到其他激烈互動或問題後，靜觀步行顯得特別管用。

此靜觀練習的重點是您的注意不是集中放在目標上（如：超市、打印機等目的地、或衝突的解決辦法），而是集中在步行本身上。喬．卡巴金所撰寫的《當下，繁花盛開》（Wherever You Go, There You Are）⑬的標題，完美地說明了這原理。您每走一步都在當下。當您繞圈步行、或在短路上來回走動，沒有目標或終點，都可以幫助您集中在步行的過程中。

您可以在室內或室外進行靜觀步行。開始時，在室內進行練習可能會較容易，因為這樣您便不會因為在室外聽到、看到、觸到和嗅到東西而分心。起初進行練習時，可以收聽聲音導航（**聲音導航5，約11分鐘分鐘**）幫助練習，這樣您便可以跟從聲音導航，而不用分心去思考。如果您在室外步行，請選定一條10至15步的路線。如果您認為有幫助，也可以把樹枝或其他物件放在路線的起點和終點。

現在，來回走動。在最初的數分鐘，專注感覺腳底與地面的接觸，並注意走每一步時身體的感覺。當您準備好後，可以將注意力從體驗和感覺的每一步擴展到對周圍環境的覺察。如果有東西引起您的注意，停一停並留意它，然後繼續步行。

靜觀步行可長可短。在靜觀退修營中的靜觀步行通常持續45分鐘——試想像您來回多少次那段短路！當然，您也可以使用一條更長的路線練習靜觀步行，但基本要素是沒有任何目標地步行。

⑬ Kabat-Zinn, J. (2015). Waar je ook gaat, daar ben je: Meditatie in het dagelijks leven. Utrecht: Kosmos Uitgevers.

練習5.2

在想像中修補

坐在您的靜觀坐墊、跪凳或椅子上，並注意身體在此坐姿的感覺。確保您感到舒適。感受身體與坐墊、跪凳或椅子，以及地板的接觸。全神貫注地跟隨您的呼吸一會兒。

當您準備好了，回想一個您對孩子（或是伴侶、前伴侶或與您關係親密的人）很生氣的情境，同時因為自己的反應太強烈而感到懊惱。盡可能繪聲繪影地想像該衝突，就好像您現在再經歷一次該情境一樣。當時您在哪裡？您和誰在一起？您說了或做了甚麼？別人說了或做了甚麼？您感受怎樣？您注意到自己身體有甚麼感覺？您的腦海裡浮現出甚麼想法？您有甚麼衝動、想做甚麼事？

當您的腦海有該情境的明確畫面時，請將您的注意力轉移到當下。您現在感受如何、您注意到自己身體有甚麼感覺？您有甚麼想法、您有甚麼行為衝動？您能對您現在自身狀況有關懷之情嗎？無論您有甚麼

感覺，可以對自己說：「沒關係，讓我感覺它。」歡迎任何的情緒出現，無論是恐懼、悲傷、憤怒或是受傷。

現在，將注意力轉移到呼吸、身體在吸氣和呼氣時的動態。當您坐著時，全神貫注地最少留心三個呼吸，然後將覺察擴展到整個身體。覺察您整個身體、正在呼吸的身體。現在，在這個特定時候給予自我關懷。您可以將雙手放在心胸上、您也可以擁抱自己。您可以告訴自己：「這是一個受苦的時刻。我將自己與所有正在處理衝突和苦難的人聯繫在一起。讓我對自己仁慈一些。」

現在，當您準備好的時候，把注意力轉移到與您有衝突的人身上。您覺得他們有甚麼感受？他們可能有甚麼想法？他們的需要是甚麼？您可否容許自己接納自己的感受，同時容許他們感受他們的感受，無論他們是生氣、悲傷、沮喪還是害怕？不管他們的感受如何，您能否告訴他們「是可以的」?您能從他們的角度理解事情嗎?您能為他們的狀態衍生關懷之情嗎?

從這個新層面上理解,您想告訴他們甚麼?您能放下自己的自尊、並為自己的錯真心道歉,而不在道歉時加上「但是您……」嗎?您可以想像向他們道歉,並留意自己的感受(可能是脆弱?)和他人的感受。

練習5.3

在實踐中修補

每當您與孩子、伴侶或其他人發生衝突時,尤其是如果您對自己的行為感到不好受時,可練習修補衝突的破裂。

首先,請撥出時間和空間讓自己復元和減低壓力。靜觀步行可能有幫助,或者進行自我關懷(**請參閱第二章**)。在您仍然感到憤怒和有壓

力時，嘗試開始修補是行不通的。有時候，三分鐘的靜觀足以讓您平靜下來；有些時候，可能需要三十分鐘、三小時或三個星期。有時候，甚至可能需要花上三年時間，才能讓人從嚴重的衝突中回復！

如果有幫助的話，請在進行實際修補前先進行想像修補（**請參閱上面的練習5.2**），並確保自己不要加上「但是您……」。這個練習的目的是練習道歉、放下自尊、接納自己和其他所有人一樣——都是一個會有時犯錯並傷害他人的人。

請記住，修補關係的破裂對於發展人與人之間的連結非常重要。想像一下您真誠的道歉可成為孩子的榜樣。請您意識到，孩子的性格可以從修補關係的破裂中成長。記下您的經驗，尤其是您的感受。如果您還沒準備好道歉，除了記錄一下困難的原因，也需要給予自己關懷。

6

第六章

不論好壞時光，共享親職

「核心家庭很小。
那裡沒有足夠的呼吸空間。
如果父母之間出現問題，
孩子就無法逃脫。
這是我們這年代的弱點。
如果有一個社區，
人們可以以兄弟姊妹的身份聚集在一起、
在那裡孩子可以有很多叔叔姨姨，
會是一件非常美好的事情。」

——一行禪師①

以上的描述清楚地說明了核心家庭的主要弊病：當父母二人的關係出現問題時，孩子無法找到幫助、也無法逃脫。一行禪師繼續說：「夫婦中伴侶雙方都應把自己視為對方的園丁和照顧者。」

互相幫助和尊重的伴侶會為孩子建立安全的巢穴。畢竟，當父母互相照顧時，孩子們知道照顧父母的負擔不會落在他們身上。當孩子看到父母互相尊重時，他們也能學會尊重自己和他人。當孩子們有信心父母會互相支持時，他們才會安心自由地挑戰父母——相信如果父母其中一方不能應付時，另一位父母就會介入並提供幫助。

儘管「共享親職」（co-parenting）的原則適用於任何父母，但此概念通常應用於不再以伴侶身份一起生活、卻仍共同合作撫養孩子的父母。「共享親職」其實是指以一個團隊的方式撫養孩子，雙方在孩子面前有意識並明確地支持對方而非互相傷害②。這能讓孩子感受到被保護和安全。互相支持的父母二人團隊可

① Nhat Hanh, T. (1990). Relationships- Community as family, parenting as a Dharma door, and the five awarenesses. Mindfulness Bell #3, autumn.

② Majdandži , M., de Vente, W., Feinberg, M. E., Aktar, E., & Bögels, S. M. (2012). Bidirectional associations between coparenting relations and family member anxiety: A review and conceptual model. Clinical Child and Family Psychology Review, 15, 28-42.

以令孩子感到何謂「整全」；相反，互相傷害的父母則會損害孩子的自我認同。當父母雙方處於衝突時，他們很容易忽略到其實支持另一位父母與孩子之間的關係時，也可促進和改善自身的親子關係。

事實上，當父母能夠互相支持和尊重時，不僅只有孩子受益，父母也會因對方的支援而感到更加安全。研究顯示，共享親職父母關係的質素對個別親子關係的質素，以及雙方的親職能力都有重大影響。當父母雙方感到對方的支持時，這會對他們自身的親職有正面影響。我要強調離婚的父母和在一起的父母都可以做到這一點，只是方式有所不同。

考慮到共享親職的質素對個人親職能力的影響，我們不僅要注意自己的親職質素，還要注意自己與另一位父母或其他照顧者的關係。這樣做能令所有人得益，尤其是對孩子。當伴侶關係不滿意時，父母會變得與孩子太過親近，又或與孩子太疏離。通常，母親會與孩子太親近，而父親就較疏離；但相反的情況也有可能發生。同樣地，研究表明，儘管在離婚事件告一段落後的父母會恢復原有的親職能力，但正在經歷離婚事件的父母，其親職技巧可能會暫時崩潰③。因此，互相支持的共享親職可以保護孩子免受此傷害。

作為一位已離婚的母親，即使很多時候我和前夫不怎麼說話，我也多次感受到互相支持的共享親職所帶來的正面作用。當我的青少年子女喝醉酒回家，我很擔心他們酒精的攝取量；我告訴他們（並實際進行）我將會和他們的父親討論這情況；或者說「您的父親和我均認為這種行為不可接受」之類的說話。作為一位單親媽媽，因為我有共享親職的支持和讓孩子們知道父親的存在，我立即感到自己更強大了。我注意到這做法給孩子們留下了深刻的印象。當女兒致電給我說她通過了期末考試時，我在趕回家的途中買了一束花給她，並寫下

③ Bögels, S.M., Lehtonen, A., & Restifo, K. (2010) Mindful parenting in mental health care. Mindfulness, 1, 107-120.

「恭喜！來自媽媽的祝福」。然後，我停下來想一想，把「爸爸和」放在「媽媽」之前。當我把花束送給她時，女兒在看到「爸爸和媽媽」時流下了眼淚。這時我意識到，拋棄對前夫的個人憎恨是多麼重要：我們曾經、而且永遠都會是這些美麗年輕人的父母！

父母經常認為若孩子目睹他們爭吵是不好的。馬克．堪名斯曾就父母爭吵對孩子的影響進行研究。他的研究④顯示，衝突本身並不對孩子造成傷害，但在孩子面前未能解決衝突便會對他們造成傷害。上一章《破裂與修復》的練習是一個重要的工具：如果您作出不當的行為，請跟您的伴侶道歉；如果

我們曾經、
而且永遠都會是這些
美麗年輕人的父母！

孩子們目睹您們吵架，請讓他們看到您道歉。我們經常認為孩子很快便會忘記衝突，但這是一個謬誤。孩子們也許因為擔心會加重父母的負擔，很少會詢問父母爭吵的內容和爭吵是否已解決了，但是他們的沉默並不意味著他們不會感到痛苦或擔心[5]。從孩子的角度來看，排解紛爭是需要您放下自己的自尊和自我，並真誠地就自己不滿的行為向另一方道歉。如果有孩子目睹衝突，請在他們面前道歉，並確保您沒有加上「對的，但是您……」此類語句。

父母雙方應該互相補足。對父母而言，瞭解孩子可以從另一位父母身上獲得或學到甚麼自己沒有的東西是很重要的。在過去十年間，我和我的研究團隊研究了父親在兒童發展

④ Cummings, E. M., Simpson, K. S., & Wilson, A. (1993). Children's responses to interadult anger as a function of information about resolution. Developmental Psychology, 29, 978.
Cummings, E. M., Ballard, M., El-Sheikh, M., & Lake, M. (1991). Resolution and children's responses to interadult anger. Developmental Psychology, 27, 462.
Goeke-Morey, M. C., Cummings, E. M., & Papp, L. M. (2007). Children and marital conflict resolution: Implications for emotional security and adjustment. Journal of Family Psychology, 21, 744.
McCoy, K., Cummings, E. M., & Davies, P. T. (2009). Constructive and destructive marital conflict, emotional security and children's prosocial behavior. Journal of Child Psychology and Psychiatry, 50, 270-279.

⑤ Diamond, G. S., & Liddle, H. A. (1999). Transforming negative parent-adolescent interactions: From impasse to dialogue.. Family Process 38, 5-26.

中的獨特角色，尤其是在克服恐懼和建立信心方面[6]。人類進化使父親和母親成為不同親職領域的專家：母親是照顧、安撫和哺育方面技能的專家，能滋養孩子的感受和同理心；而父親則擅長挑戰遊戲和競爭。

這就是為甚麼有些父親認為母親過分保護、而母親卻認為父親不負責任。如果母親故意讓孩子在遊戲中擊敗自己，而父親則盡全力在遊戲中獲勝；那麼父親可能會覺得母親「軟弱」，而母親可能會覺得父親是個不夠成熟的大孩子。然而，父母雙方其實都是按照進化的本能行事，而孩子需要父母雙方的特質才可以健康發展。因此，靜觀親職不僅意味著不加批判地觀察您的孩子，而且還意味著父母互相觀察對方及其與孩子的接觸。這並不代表永遠不作批判，而是推遲批判，並以開放的態度去觀察孩子的需要、和孩子可以從另一位父母身上得到的東西。

當父母感到另一位父母的支持時，很自然地能成為更好的父母[3]。您無法也不需要獨自完成此項工作。因此，請確保您得到支持。您可以通過主動尋求幫助、覺察及列出從您的伴侶、前伴侶或其他共享親職的另一位父母所得到支持。分享自己的脆弱有助鼓勵他們參與。您可以談論您在教養子女和與孩子相處時遇到的困難；您對甚麼感到憂慮或不安；您不瞭解的事以及您可能暫時還無法做到的事。注意父母另一方也可能需要您的認同、幫助或支持，並確保他們也能安心地分享自己在教養子女時遇到的困難或挑戰。

儘管我們為父母提供的靜觀親職小組的重點，並不在於共享親職，而是父母的教養方式和親子關係，但實習生進行的研究顯示，練習靜觀親職確實對共享親職關係產生正面影響⑦。共86名父母分別在培訓開始前約八週、八週培訓開始前、完成八週培訓後當刻、以及培訓完成的八週後，填寫共享親職測量表⑧以進行評估。問卷的測量內容包括了明顯的共享親職（父母在孩子面前時對另一位家長的行為）及隱藏的共享親職（父母與孩子獨處時如何提起和談論另一位家長）。研究共測量了三

---

⑥ Bögels, S.M. & Perotti, E.C. (2011). Do fathers know best? A formal model of the paternal influence on childhood social anxiety. Journal of Child and Family Studies, 20, 171-182.

Möller, E. L., Majdandzic, M., de Vente, W., & Bögels, S. M. (2013). The evolutionary basis of sex differences in parenting and its relationship with child anxiety in Western societies. Journal of Experimental Psychopathology, 88-117.

③ Bögels, S.M., Lehtonen, A., & Restifo, K. (2010) Mindful parenting in mental health care. Mindfulness, 1, 107-120.

⑦ Bögels, S. M., Hellemans, J., van Deursen, S., Römer, M., & van der Meulen, R. (2014). Mindful parenting in mental health care: effects on parental and child psychopathology, parental stress, parenting, coparenting, and marital functioning. Mindfulness, 5, 536-551.

⑧ Karreman, A., Van Tuijl, C., Van Aken, M. A., & Dekovi , M. (2008). Parenting, coparenting, and effortful control in preschoolers. Journal of Family Psychology, 22, 30.

個共享親職範疇：父母鼓勵家庭成員團結的程度、父母貶低另一位家長的程度、及父母在孩子面前分歧和吵架的程度。靜觀親職小組培訓均有助改善上述三方面，但是在分歧和爭吵方面的改進最為明顯。

無論父母雙方是否仍然維持伴侶關係，兩人從未真正分開，因為孩子是他們終生的聯繫。他們永遠都是孩子的父母，以後亦有可能成為祖父母。「靜觀分娩和親職」(Mindfulness-Based Child Birthing and Parenting)[9]的始創人南希．巴達克(Nancy Bardacke)，為準父母們發展了一套美麗的靜觀練習[10]。她邀請懷孕的母親和她的伴侶面對面而坐。然後她說：

「請您深深凝視面前這個人。您選擇了與此人一同將孩子帶到這個世界。無論您現在或將來對這個人有甚麼感覺；無論您們的生活和關係會否起甚麼變化；無論您們將來是否仍在一起，這個人將永遠都會是孩子的父母。他會成為那個正在成長和快將來到世上的孩子的父母，並會成為您孩子的孩子的祖父母。」

兩個人在孩子誕生時所作出的承諾是永恆的。真實地把對方視為共享親職的對象，並深明這承諾對雙方的意義。這可能會使人感到焦慮，但這亦可以幫助我們在不論好壞的時刻都能盡力好好照顧這共享親職的關係。而且，正如我們上述所提及的，健康的共享親職關係對每個人而言都是好消息。

⑨ Bardacke, N. (2012). Mindful birthing: Training the mind, body and heart for childbirth and beyond. Amsterdam: Harper Collins.

⑩ Bardacke, N., p.c., Amsterdam, Dec. 2012.

練習

練習6.1
無所不觀的覺察
（聲音導航6）

直至目前為止，我們已進行過留意呼吸的靜坐練習、身體掃瞄練習、靜觀聲音與想法練習、靜觀觀察練習、靜觀步行練習。以上這些靜觀練習均有特定的留意焦點：呼吸、身體、聲音、想法、影像或步行時的觸感。但在無所不觀的覺察練習中，並沒有所謂的特定焦點或定航的錨。取而代之的是，我們保持一個距離去觀察每一刻任何吸引自己注意力的事物。您可設置一個十分鐘的鬧鐘，或聆聽聲音導航6協助您練習，嘗試在一星期內每天進行此練習。

先坐下將自己安頓下來，並將注意力轉移到您的姿勢——您身體接觸地面、椅子或坐墊的部分，以及您的呼吸，直至您感到舒適和放鬆。現在，嘗試放開您的注意力，讓它浮游，留意它走到哪裏去了。您可以記下吸引您注意力的事物（例如：聲音、痕癢、計劃、痛楚）。請留意您注意力在哪裡，不要讓它把您帶得太遠。如果您感覺太過強烈，您可以隨時將注意力帶回您的呼吸或身體上，然後重新安頓自己，並在安頓好後再次靜心觀察。練習後，如果您願意的話，可寫下筆記。

練習6.2
共享親職觀察練習

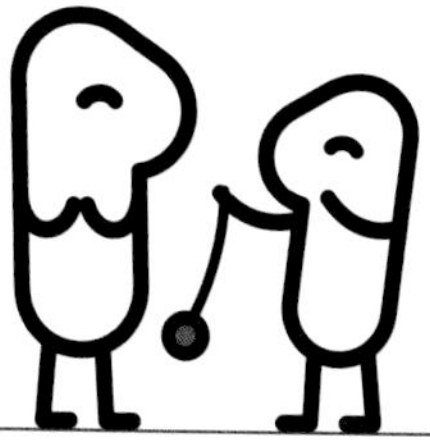

請您找一個時間，屆時您與您的共享親職的家長正忙於照顧孩子，例如：替孩子們穿衣服、協助孩子們做功課、和孩子們一起煮食、一起玩耍，或哄孩子們睡覺。您可以選擇一些您認為共享親職家長做得好，或在一些範疇他表現得較弱或缺乏良好判斷的事情。

有意識將非批判的注意力帶到當下與孩子互動的共享親職家長身上，同時也留意孩子的回應。留意當您在觀看時，自己的身體變化，觀察時出現的任何想法和批判（例如：「真是溫馨！」、「小心！」），並承認自己的任何感覺（例如：開心、發怒）或衝動的行為（例如：想離開、想由自己接手處理）。盡可能放開您的行為衝動，並繼續觀察。維持此觀察大概五分鐘。

如果您與共享親職的家長已經分開，並且甚少觀察對方與孩子互動而令您難以進行這個練習，請嘗試組織這個活動。例如：提議在下次從共享親職家長那裡接送孩子時，提前到達，並善用那段時間觀察他們的互動，禮貌地詢問能否觀察一會兒，如共享親職的家長指導孩子的團隊或與孩子合奏音樂的過程。請緊記，與您共享親職的家長建立牢固的親職伙伴關係是對每個人都有好處！

練習6.3

共享親職寫作練習

想一想與您共享親職的家長為孩子提供了甚麼，並記錄在您的筆記本內。

例如：「他和她一起彈奏結他，並會帶她到圖書館和推薦書本給

她，以鼓勵她閱讀。他會挑戰她、與她辯論、讓她自己處理一些我仍會替她做的事情。」

您曾否向與您共享親職的家長表示您有多欣賞他為孩子所提供的獨特素質和活動？您如何表示您的感謝，以支持他繼續發展這些素質？

例如：「我會記錄他們一起玩耍和唱歌的時間。我會告訴他我欣賞他協助孩子做功課的方式。」

試試想出一些新方法去支持與您共享親職的家長，表達您對他為孩子提供的一切有多高興。

例如：「我可以經常說，我知道她從對方身上學習到很多。我可以買一本歌集讓他們一起玩和唱歌。我可以請教他如何教她溜冰。」

練習

練習6.4

慈心練習

（或聆聽聲音導航7帶有仁慈的呼吸）

「慈心練習」是一種靜觀方式，您首先祝福自己好，然後祝福您的伴侶或其他所愛的人好，接著對您感到複雜或負面的人也祝福他們好。不要期望奇蹟發生，您不需要突然對前伴侶、或對一個您十分保留的人感到愛。關鍵是您有能力把無條件的祝福和愛傳達開去——不論對象是誰，並以這個方式發展您的慈心。

請確保您是舒適地坐著或躺臥，然後合上雙眼。開始留意您的身體和呼吸，並將注意力放在自己身上。不需思考您喜歡或不喜歡自己些甚麼，而是專注於您只是一個活著、呼吸著、間中會受苦的人的這個事實。現在，說出以下的句子祝福自己。

願您自己快樂（「讓我快樂……」）

願您自己平安（「讓我平安……」）

願您自己遠離痛苦（「讓我在遠離痛苦……」）

讓這些句子沉澱，就像石頭落在井裡一樣，並留意自己的回應。然

後為以下的人重複相同的句子：

1. 您的孩子
2. 您愛的人，例如：伴侶、家人或寵物
3. 您感到相處有困難的人

如果您希望的話，可以改變這些句子。這個靜觀過程只需要三句簡單的正面句子，並包含您希望自己和他人得到的普遍事物。其他的例子可以是：

「讓我感到安全和被保護……」

「讓我可以輕鬆和仁慈地生活……」

「讓我可以接納自己……」

如果您發現很難去祝福自己，可以嘗試想像自己是一個脆弱的小孩（**詳見第十章**）。另外，如果這對您有幫助，您可以將自己稱呼為「小（您的名字）」。或者，您可以轉換靜觀練習的次序，先祝福您的孩子和所愛的人，然後才祝福自己。

7

第七章
訂立界線：我結束之處、您開始之端

「為了尊重孩子的主權，我們製造機會，
讓孩子能展示自己的『真實面貌』，並找到自己的方向。」

——米拉及喬．卡巴金①

所有父母都必須面對一項基本但艱鉅的任務，就是教導子女在社會生存所需要的規律和價值觀，同時培養他們去追求表達自己和發展獨特的興趣和能力。然而，現今的父母在訂立界線以教導子女社會規則時，似乎越來越難。最近，在附近的一間菜檔裡，我看到一個小孩將手伸入一堆蕃茄內，然後將其中一個蕃茄放進嘴裡。他的母親說：「啊，我的寶貝。如果您很喜歡吃蕃茄，我們會買一大袋給您！」

這就是靜觀親職嗎？雖然那位母親注意到孩子喜歡吃蕃茄是一件好事；但這也是一個好時機向孩子解釋不能隨意取商店的東西，更絕對不能吃掉！

不論是蕃茄還是其他東西，假設父母認同社會的規律，他們就必須教導子女這些規律，並幫助孩子應對這些規則可能帶來的挫敗感。如果在上述的例子中，那位母親對兒子說：「這些蕃茄是需要購買的，不能直接吃！」。然後買下一小袋蕃茄但不給予孩子，孩子可能會感到羞愧和生氣。孩子需要面對在不遵守規則時被公開糾正所帶來的羞愧和尷尬，以及在得不到想要的東西時所帶來的沮喪

① Kabat-Zinn, M. & Kabat-Zinn, J. (1998; 2014) Everyday blessings: The inner work of mindful parenting. Londen: Hachette UK.

和憤怒，這些都是孩子重要的成長課。

為甚麼這位母親沒有這樣教導孩子呢？可能是因為父母自身的親職經驗迴避（experiential avoidance）：母親試圖保護孩子免於感到羞愧或憤怒。因為這裡面有太多不同的可能性，所以我們只能夠估計。可能是因為母親的自身經驗使她難以設立界線、或許是她害怕若孩子得不到想要的東西，其他人會認為自己是一個不稱職母親。或許她患有社交恐懼症，擔心她的兒子會出現類似問題；又或是她有被父親虐待的經歷，甚至擔心自己的孩子也會攻擊她。也可能她只是溺愛自己的孩子，認為他沒有做錯事情；或者她認為做一個有愛心的家

長就等於避免破壞和孩子的關係。又或許因為孩子在那天早上已經不停發脾氣，她只是精疲力盡，而沒有準備好應付下一次！不論是甚麼原因，她錯過了一個給孩子上重要一課的機會。

當我年幼時，我的家庭很重視創意。以往我所住過的房子中都有一個工作室，我的母親會在那裡工作、同時也歡迎孩子在那裡畫畫、編織、縫製或做任何手工。工作室裡所有材料都可以讓我們和朋友使用。雖然我們從沒有被警告過別要搗亂，但我們總是會自己清理場地。在母親的古典音樂作為背景下，我有很多在工作室玩樂和工作的美好回憶。我還記得有一個朋友的行為令我很震驚，他會衝動地倒空整筒油漆，或在要清理時逃跑掉。在成長的過程中，我們已「內化」一些核心的價值觀，包括：要謹慎對待可使用但不可浪費的材料，以及將地方清潔還原本來的模樣。

除此之外，我也永遠記得母親在創作的時候對我們的深入關注——她以同在、陪伴、時間、安寧、耐心去幫助我們；同時，她對我們的作品有著真誠的興趣。她為我們五個人製作剪貼簿，記錄我們從幼兒期至青春期的繪畫技巧變化，並為每一幅畫寫下日期、筆記、甚至主題。這些剪貼簿是我們的認知、創意和心理發展的獨特記錄——包括了我們的夢想、興趣、恐懼和熱情。我甚至認為，這個結合創意、清晰價值觀及界線的空間，是我成長過程中最重要的部分。我經常思考現在的孩子究竟能花多少時間在繪畫、手工和縫製上？當電視和電腦成為我們生活的中心，究竟孩子們會錯過甚麼？

在撫養孩子時，有時我會發現訂立界線是頗為困難的。當我的孩子決定在家裡把所有被單從床上扯下來去「築巢」時，我的心總是想放任他們玩耍，因為我看到他們有多快樂、他們所創作的故事多麼新穎。不過這是一個會把地方弄得十分混亂的活動，而孩子們卻不能或不會事後清理。只有在我停一停考慮自己的身心健康時，我會承認有時候我希望他們沒有這樣做。因為我沒有力氣為他們清理，又或是因為時間已太晚，他們不夠時間玩個飽。因此，我訂立了一個新規矩，他們需要得到我的批准才可以築巢，這樣我便有時間去考慮當天的其他計劃能否容許這個活動，當然還有考慮自己的感受。

我也學習到不要時常「說不」，由於「說不」會帶來失望或挫敗感，我也常提醒自己在「說不」之前停下來，並思考是否值得去「說不」。有些時候，這會將「不」轉化成由衷的「好」。有一次我走到陽台外，看到兒子和女兒在桌上的一張大畫紙上繪畫。我的女兒已經畫滿了她的畫紙，並很快樂地在桌子旁邊白色的牆上繼續她的藝術創作。我的本能是衝過去制止她；但是，我決定再多觀察她一段時間，然後我提出如果他們想的話，可以在整面牆上繪畫！於是，他們找來住在同一條街上的朋友們一起畫。在當天餘下的時間，有一群小孩在我陽台的牆上繪畫，有些更爬上梯子。在往後的許多年，我仍然欣賞著這面牆！

為孩子訂立界線對他們「社會化」的過程十分重要，心理學研究員在持續探索訂立合適界線的影響。在一個典型的實驗中②，家長和小孩被安排在一個空曠的房間中等候，房間內只有一個色彩繽紛的木片琴。研究員在實驗前指示父母採用在家中常做的方法，以防止孩子觸摸或玩木片琴。能夠小心訂立界線的父母似乎對所訂立界線十分清晰，並使用清晰的口頭和身體語言告訴孩子。他們透過分散注意力或解釋以幫助孩子們接受界線，並對孩子的渴求和發展自我控制表達同理心。

我們從一系列的心理研究中得知，若家長能訂立合適的界線，孩子普遍會發展出更多被接納社會的行為、有更好的學術表現、更少攻擊性、更少反社會行為、更少內在心理病徵（如：恐懼和抑鬱），以及有更好的集中力、

② Lengua, L. J., Honorado, E., & Bush, N. R. (2007). Contextual risk and parenting as predictors of effortful control and social competence in preschool children. Journal of Applied Developmental Psychology, 28, 40-55.

情緒管理和自我控制③。部分研究發現，家長訂立合適界線所帶來的正面效果能在孩子身上延續下去④。我們也從中知道，能夠定立清晰界線的家長傾向給予孩子更多溫暖，並鼓勵他們更有自主性。

相反地，研究也顯示嚴格或不當的界線會削弱孩子的內在動機和創意。例如，有創意的建築師表示，父母在他們年幼時通常給予他們很大的自由⑤。以色列學校老師及心理治療師海姆・吉納特（Haim Ginott）⑥曾經說過，在有需要訂立界線的時候，界線應該以簡潔、客觀和資訊化的方式去解釋——例如「牆壁的用途不是用來繪畫的」而不是「您並不允許在牆壁上繪畫」。

理查德・科斯特納（Richard Koestner）和他的同事⑦進行了一項實驗，瞭解訂立界線的方法對孩子的影響。他們邀請四十四位六至七歲的孩子，在十分鐘內繪畫出他們夢想的屋。以下是他們接收到的指引：

「我對於小孩如何繪畫十分有興趣，所以我想您畫一幅圖。請您畫一間您想居住的房屋。您可以在畫紙上創作您喜歡的、任何類型的房屋，並添加任何您喜歡的東西。例如，您或許會想為房屋添加一個有樹木和動物的花園。這間屋子可隨您所想。」

孩子們會收到「控制性」界線、或「資訊化」界線、或沒有任何界線的指示。「資訊化」界線組別的指示如下：

「在開始之前，我想告訴您在這裡繪畫需要注意的事項。我知道有時候把顏料弄得亂七八糟十分有趣，但在這裡我們需要保持物料和地方的清潔，以便其他孩子使用。較小的畫紙是給您繪畫的、較大的畫紙則是邊界，以保持桌面清潔。顏料也需要保持清潔，因此在更改使用另一種顏色前，您需要先將畫筆清洗乾淨，並使用紙巾擦拭。我知道有些孩子不經常喜歡整潔，但在這裡您必須保持整潔。」

---

③ Mattanah, J. F. (2001). Parental psychological autonomy and children's academic competence and behavioral adjustment in late childhood: More than just limit-setting and warmth. Merrill-Palmer Quarterly, 47, 355-376.

Schroeder, V. M., & Kelley, M. L. (2010). Family environment and parent child relationships as related to executive functioning in children. Early Child Development and Care, 180, 1285-1298.

④ Denham, S. A., Workman, E., Cole, P. M., Weissbrod, C., Kendziora, K. T., & Zahn-Waxler, C. (2000). Prediction of externalizing behavior problems from early to middle childhood: The role of parental socialization and emotion expression. Development and Psychopathology, 12, 23-45.

⑤ MacKinnon, D. W. (1962). The nature and nurture of creative talent. American Psychologist, 17, 484.

⑥ Ginott, H. G. (1959). The theory and practice of 'therapeutic intervention' in child treatment. Journal of Consulting Psychology, 23, 160-166.

⑦ Koestner, R., Ryan, R. M., Bernieri, F., & Holt, K. (1984). Setting limits on children's behavior: The differential effects of controlling vs. informational styles on intrinsic motivation and creativity. Journal of Personality, 52, 233-248.

「控制性」界線組的指示如下：

「在開始之前，我想告訴您幾項您需要做的事情。以下是在這裡繪畫的規則。您必須保持顏料清潔。您只可以在那張較小的畫紙上繪畫，所以不要把顏料弄到較大的畫紙上。在更改使用另一種顏色前，您必須先將畫筆清洗乾淨，並使用紙巾擦拭，以避免顏料混合。我想您做一個乖男孩／女孩，不要把顏料弄得亂七八糟。」

在完成實驗後，孩子們可以選擇繪畫第二幅畫（任何他們喜歡的東西）、或砌一幅拼圖。之後研究員會詢問他們在繪畫的過程中有多愉快。然後，一些不知道實驗情景的專家和學生會以創意和技巧，以及顏色的運用和闡述，去評論這些夢想之屋的畫作。

研究人員發現，「控制性」界線組別的孩子較不享受繪畫的過程，並且具較低動力繼續繪畫下去（他們較常選擇拼圖，即使選擇繪畫也會畫較短的時間）。他們的夢想之屋畫作較沒有創意、較不豐富、使用較少顏色，並且具較低的技巧。「資訊化」界線組別和沒有界線組別在各方面的表現都比「控制性」界線組別好。在部分範疇上（如技巧質素），資訊性界線組別和沒有界線組別的表現並沒有分別；但在其他範疇上（如創意），沒有界線組別做得最好。

這個實驗證明我的母親憑著直覺，在創意發展的過程中給予孩子空間是一件正確的事。但這也顯示了，當有需要訂立和執行界線時，執行的方式是非常重要的。您應該以一個提供資訊的方式去解釋界線的必要性，並認同孩子想在沒有限制地實驗的自然欲望。

為孩子訂立界線由認識我們自己的限制開始。心理治療師及親職導師黛比・平克斯（Debbie Pincus）曾如此優美地描述：「您圍繞自己所畫的線，可以顯示您自己結束之處、和孩子開始之端。」當您以「蓮花坐」（指兩腳交疊盤坐）的姿勢進行靜觀練習，您可以想像在自己周圍放置了一條繩索或繪畫了一條線，以定義您自己的界線。您也可以想像自己的輪廓和感覺自己的皮膚——這是您身體的界線。這對曾經在性、身體和精神上的界線不被尊重，那些受過虐待的人特別有幫助，感受自己身體的界線並告訴自己：「這是我的身體，我的身體屬於我。」[8]

進行瑜伽或靜觀伸展是覺察自己身體界線的好方法（**詳見練習7.1**）。透過聆聽自己的身體，您可以感受到在當下一刻身體的特定界線——例如您可以將腿伸展多少而不受傷？您也可以在腦袋裡作同樣的事——透過花一些時間靜靜地坐著，您可以避免在與孩子和他人匆忙的接觸中迷失。定期給自己一個呼吸空間與自己接觸，可以幫助您覺察自己的狀況（您的身體及精神狀況），以及自己在當下

您圍繞自己所畫的線，
可以顯示您自己
結束之處、
和孩子開始之端。

一刻的精神和情緒界線。

去感受和定義這些界線，並接納您現在所擁有這些界線是十分重要的。例如，您在某天可能容許孩子去築巢，但在另一天您卻沒有空間就同一件事去提供幫助和應對。當您去感受、定義和接納這些界線時，您會更容易地以一個「資訊化」而非「控制性」的方式去溝通，並以平常心回應孩子對這些界線的反應。

孩子是在母體內成長的，切斷臍帶標誌著獨立的第一步——母嬰的身體從此分開，定義了一個母體結束之處、和孩子世界開始之端的

---

⑧ Levy, T.M. & Orlans, M. (2014). Attachment, trauma and healing: Understanding and treating attachment disorders in children, families and adults. Londen and Philadelphia: Jessica Kingsly Publishers.

界線。透過留意自己的界線，以及讓孩子清晰明白，您可以幫助孩子邁向獨立的旅程。他們會發現，孩子和父母並不是一體的和一模一樣的，他們是不同的個體——各有自己的需要和界線。

當您的孩子向您說不，同時理解到您有聆聽和接納他們的看法時，代表他們在自主中成長。當一個小孩說自己已經很飽了，而這個觀點得到接納時，他便會對自己產生信任、知道自己甚麼時候已經吃得足夠。同樣，在學習父母界線的過程中，孩子的自主性也同時成長。這是因為您可以體會他們的感受、以資訊化的方式向他們解釋界線、讓他有反對的自由，同時請他們接受您重視的界線。

訂立界線也涉及我們所擁有的資源。進化心理學家認為母性是具條件性的——本性使母親準備照顧自己的孩子，但她們也可以選擇委託他人。愛和依附等正面情緒能協助父母投入去為子女作各種付出。相反地，憤怒爆發或冷漠，可能標誌著是時候將內部資源投放在其他地方。而內疚和羞愧等情緒（詳見第八章），可以壓抑或調節這些憤怒和冷漠。根據進化心理學家，一對夫婦會就他們每人對孩子的照顧量進行協商，他們會嘗試使自己的貢獻量減至最小，並增加另一方的貢獻量[9]。在協商過程中，是誰比較擅長某項工作（比較優勢）也十分重要——例如，母親十分明顯地較父親更擅長作母乳餵哺。

覺察自己的界線其實是保護和保留自己的資源，這有助防止您陷入反應式的教養。當我們耗盡自己的資源而沒有充電時，可能會導致突然的憤怒爆發或變得冷漠（戰鬥或逃跑反應的一種形式）。這不但對我們的孩子有影響，也會對我們的伴侶、其他家長和其他牽涉孩子的人造成影響。

如果我們疲倦地回到家後，因為伴侶還未清潔家居、做晚飯或讓孩子開始做功課而感到失望時，我們會否停下來去感受自己的界線，與伴侶進行有建設性的討論，並詢問他們現在可否做這些工作？不太可能！我們通常感到憤怒，因孩子未達到我們未說出口（並經常不合理）的期望而責罵他們，或是與我們的伴侶爭吵。發生這種情況是因為我們已經用盡了自己的資源，並且只憑本能反應。

為了避免耗盡您的資源，您需要覺察自己的界線在哪裡、以及甚麼時候需要充電。給自己一個呼吸空間，留心自己的狀況，然後問自己在這刻需要些甚麼。

⑨ Bögels, S.M. & Perotti, E.C. (2011). Do fathers know best? A formal model of the paternal influence on childhood social anxiety. Journal of Child and Family Studies, 20, 171-182.

練習

練習7.1

瑜伽或靜觀伸展

（聲音導航8）

瑜伽或靜觀伸展是讓我們識別自己身體界線的好方法。這並不是要強迫自己去達到甚麼、也不是伸展得愈多愈好；而是精確地估計一個肢體動作所帶來的感覺、以及當下的界線。您可以尋找自己的限制，在一吸一呼間抓著這種感受，然後探索進一步的可能性。

嘗試在本週每天進行十分鐘的靜觀伸展運動（**聲音導航8**）、其他瑜伽或靜觀伸展練習，好讓自己有意識地覺察及尊重身體的限制。引用我沙灘瑜伽老師維琪·浩希祖（Wytske Hoekstra）的話：「與其聆聽我的聲音，倒不如聆聽您身體的智慧。」

如果您想的話，也可以將您的經驗記錄下來。

練習7.2
覺察限制

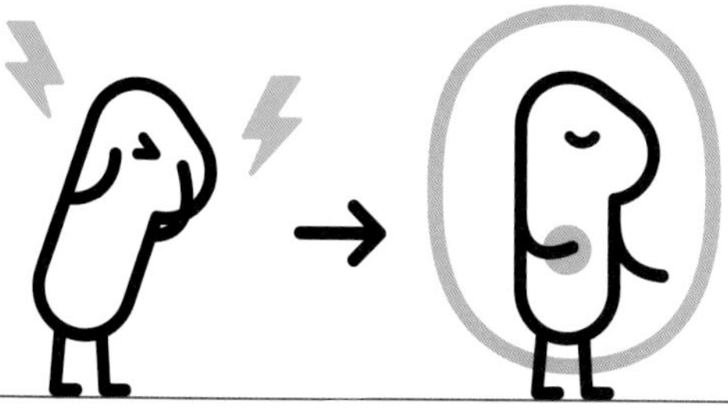

在一些您無法感受自己的限制，或者發現自己已經超出極限的情況，請抽些時間進行呼吸空間。坐下來，留心呼吸，並提醒自己若然您不能感受到自己的限制，那麼您就有可能超出極限，並對他人造成負面影響。

想想這可能是怎樣的情況——您做了孩子或伴侶他們本應做的工作、您因為別人的願望而放棄自己心中的選擇、您把大部分時間和精力都奉獻給孩子，卻沒留一點時間給自己好好工作或放鬆。

在進行呼吸空間練習後，看看自己有甚麼想做、想說。

練習7.3

想像限制

在您的靜觀坐墊、跪凳或椅子上，花幾分鐘感受一下身體與物件之間接觸的感覺。覺察自己的坐姿和呼吸。現在，讓腦海中慢慢升起一個情景。這可能是您的孩子（或伴侶、或其他人）越過您的界線，而您容許其發生。這可能是個別事件，也可能是經常發生的。

例如：幼兒在說好了不要打擾您之後仍不斷想引您的注意；孩子把環境弄得一團糟之後卻從不整理；少年子女與您承諾了晚歸會向您發訊息，但卻沒有做到；您的伴侶在您說了很多次後仍在進餐時埋首閱讀報紙。

盡可能把這個畫面想像得栩栩如生，然後思考以下問題：是甚麼讓您留意到自己的限制被超越？您的身體有甚麼感覺？有甚麼阻礙您表達和堅持自己的底線？這跟您的成長背景有關嗎？

現在，您覺察到自己已達到極限時的感覺，和在訂立表達和堅持界

線時所遇到的困難，您會在將來有甚麼不同的行為？試試在腦海中幻想一次，看看感覺如何。把您可能會做的寫下。

這是靜觀親職小組中一位家長的例子：

儘管我已經三番四次提醒伴侶不要在晚飯時看報紙，多花時間和女兒溝通，他總是在家庭晚飯時埋首閱讀。當我精力都耗盡了，我感到自己的界線已被越過了。我感到難過、孤單，又擔心這會如何影響到兒子？我發現我很難堅持自己的界線，因為我覺得丈夫工作壓力大，他需要在晚餐時閱讀以放鬆身心。我還擔心他會生我的氣，怕我們吵架會嚇怕女兒。我的父親也總缺席晚餐，令我自小感到被他忽略。我的母親卻從不抱怨父親的缺席。現在，我意識到我想好好和伴侶談談這件事，好讓他明白我在他閱讀報紙時的感受，讓他知道我童年時父親缺席晚餐的經歷，以及我自己和對家人的需要。

8

第八章

內疚和慚愧：寬恕、聯繫、道歉

「他向一群美國人展示了
『巧克力蛋糕』一詞，
並記錄他們聯想到的單詞。
『內疚』是最熱門的回答。
如果這讓您意想不到，
想想法國食客對同一詞語
的反應——『慶祝』。」

——麥可・波（Michael Pollan）[1]

儘管父母為了照顧子女已含辛茹苦，他們總因內疚而掙扎。我的母親總會在工作後趕回家，小時候的我不懂她在匆忙些甚麼。直到我有了自己的孩子時，我終於明白了。這是作為一位在職母親的內疚感——自覺需要或想要工作是錯的，因為母親（尤其是在荷蘭！）應該和她的孩子在一起。也是因為同樣的內疚感，在荷蘭，母親會因而覺得每天早上帶孩子到托兒所、在一天結束時接走孩子是應該的。

正如「巧克力蛋糕」一詞不會在每種文化中都讓人在進食時感到內疚，所以使用托兒服務或將孩子交由保姆照顧也不會在每種文化中都讓父母內疚。而當孩子開始上學時，因為那時候我們遵循的是社會規則而不是自己的規則，所以這種潛在的內疚感通常會隨之消失。然而，父母仍會在各種內疚感中掙扎——他們可能會為著離婚而感到內疚，因為孩子似乎在不斷地收拾行李，並在「破碎家庭」中成長；他們可能會為著只有一個孩子而感到內疚，因為這讓孩子錯過了與兄弟姊妹一起成長的時光；他們也可能會在看到孩子因在吵架時而從樓梯摔下來所留下的傷疤而感到內疚；他們或許會因為想起在自己抑

① Pollan, M. (2009). In Defense of Food: An Eater's Manifesto. Penguin Books.

鬱的時期而錯過了見證孩子成長的重要時光而感到內疚。

在成為母親的首數年，我都忙碌得沒有時間好好地運動。終於有一次，我決定參加一場網球比賽，而我的小女兒則和她的繼姐一起去參加初中生運動比賽。當小女兒和她的繼姐在比賽時，她一不留神撞到鐵柱，新長出的門牙就這樣沒了四分之三。在那之後的許多年我都沒再打網球，因為我覺得如果當初自己選擇陪她去運動比賽而不是自己去打網球，說不定那樁意外不會發生、說不定她的牙齒仍然健在。這種現象稱為後見之明的偏誤——如果我們提前知道會發生甚麼事情，我們則可以另有打算。

父母往往會對孩子的問題感到內疚，即使這些問題他們無法控制。血友病是一種罕見的遺傳疾病，由於缺乏血凝固因子（凝血所需的蛋白質），肌肉和關節會出血。研究顯示，血友病孩子的母親不僅親職壓力較大，她們也有更多的內疚和羞愧感②。同樣，母親對有自殘（例如割腕）的孩子③、自閉症孩子④（即使我們已知在大多數情況下自閉症是由遺傳引起的）、脾性不好的孩子⑤、睡不好的孩子⑥也有同樣感受。

紀錄片《錯的時間，錯的地點》（Wrong Time, Wrong Place）⑦描述於2011年挪威烏托亞島（Utøya）上的青年夏令營69人大型槍擊事件。其中一名受害者的俄羅斯籍父母談到，因女兒在海邊被槍殺，所以他們對自己沒有讓女兒在小時候上游泳課而感到內疚。父母的內疚感通常既不理性且誇張。對旁觀者而言，他們很明顯不需為女兒的死而責怪自己；但這卻不能改變他們對自己的感覺。

母親比父親更容易有作為家長的內疚感⑧。一項心理學研究邀請芬蘭的母親去寫出她們作為母親而感到困難或覺得不應有的情緒感受。她們的寫作顯示出，母親的內疚感一部分是因為母親和孩子有不同的目標而交涉，另一部分則是所謂的「母職迷思」

② Kim, W. O., Kang, H. S., Cho, K. J., Song, Y. A., & Ji, E. S. (2008). Comparative study on parenting stress, guilt, parenting attitude, and parenting satisfaction between mothers with a hemophilic child and a healthy child. Korean Journal of Women Health Nursing, 14, 270-277.

③ McDonald, G., O'Brien, L., & Jackson, D. (2007). Guilt and shame: experiences of parents of self-harming adolescents. Journal of Child Health Care, 11, 298-310.

④ Meirsschaut, M., Roeyers, H., & Warreyn, P. (2010). Parenting in families with a child with autism spectrum disorder and a typically developing child: Mothers' experiences and cognitions. Research in Autism Spectrum Disorders, 4, 661-669.

⑤ McBride, B. A., Schoppe, S. J., & Rane, T. R. (2002). Child characteristics, parenting stress, and parental involvement: Fathers versus mothers. Journal of Marriage and Family, 64, 998-1011.

⑥ Schaeffer, C. E. (1990). Night waking and temperament in early childhood. Psychological Reports, 67, 192-194.

⑦ Appel, J. (2012). Wrong time, wrong place. IDFA opening documentary, Amsterdam, 2012.

⑧ Harvey, O. J., Gore, E. J., Frank, H., & Batres, A. R. (1997). Relationship of shame and guilt to gender and parenting practices. Personality and Individual Differences, 23, 135-146.

⑨——認為好媽媽應當為著孩子，投入持續的、密集的、高質素的時間和精力。

家長的內疚感有用嗎？同理心和內疚感須並存，同理心對於良好教養至關重要。內疚感通常受不公義或不善良的行為所觸發（於佛家而言即「善行」），並關係到該行為如何影響他人。父母的內疚感，可視為對自己及孩子的保護，以防止父母對孩子的攻擊、疏忽或偏心。無論我多少次把雨傘遺落在鐵路或巴士站，我絕不會把我的孩子遺下。在孩子仍處於脆弱及依賴的狀態時，內疚感讓父母時刻保持警惕。

內疚是警告我們別跟隨衝動——不要吃

巧克力、不要發孩子脾氣、當孩子需要您在家時別逗留在派對。可是，如果我們因一時衝動而把巧克力吃掉、發孩子脾氣、在派對中逗留太久，內疚感也是懲罰自己的作用。眾所周知，懲罰並非改變行為的好方法；相反，以獎勵鼓勵適當的行為可以更快及沒有痛苦地達到效果。如果我在派對上待的時間太長了，我的孩子會做些甚麼？吃薯條、喝可樂、花太多時間在電腦上、太晚睡覺？這樣對他們究竟有多糟糕？倒不如我好好享受自己在派對上的好時光，同時也讓他們也擁有一點自由的好時光，然後明天再一起共聚天倫之樂吧！

因內疚而懲罰自己對教養子女並無好處。如果我們責怪自己做得不夠好，我們往往也會對身邊的人如伴侶和孩子有同樣要求。即使我們設法避免如此批評或懲罰他人，孩子也會見證我們懲罰自己的行為，並將其內化到他們自己身上。日子久了，我們如何對待自己，會變成孩子日後如何對待自己的模樣。

內疚感對我們如何為孩子作出選擇亦會產生另一種不太理想的副作用——補償行為。一旦父母感到內疚，為了「彌補過失」，他們便會開始溺愛孩子，或是把孩子的責任也一併承

⑨ Rotkirch, A., & Janhunen, K. (2010). Maternal guilt. Evolutionary Psychology, 8, 90-106.

擔，好讓自己感覺好一點。不用說，這些策略無論對父母或孩子，到頭來都是百害而無一利。

作為家長，因自己犯錯而產生的內疚感的確有助我們採取積極的行動。但首先，我們可以承認與過錯成正比的內疚感，並為所帶來的傷害而道歉和修補[10]。我們的行為是有後果的，在教養子女時，我們可以對此承擔責任，與孩子好好談一談，為我們所造成的痛苦道歉（詳見關於破裂和修復的第五章），並在適當時請求寬恕。若然我們能夠以自我關懷的態度面對過失，讓自己處於脆弱的位置並寬恕自己，那麼比起懲罰或孤立自己，我們將更能從錯誤中學習。

無論您在該情況下是否最應被責怪的那一位，您可嘗試透過靜觀、對話（或書信）、自我寬恕等去面對那種內疚感，這讓您擺脫壓抑的束縛，並再次打開關係。即使已事過境遷，這樣做也可以使自己釋懷。荷蘭典著《十三歲的生與死》（Leven en dood van een dertienjarige）[11]正是一個好例子。在這個動人的故事中，父親向在12歲時了結生命的女兒寫了封信，當時已過了數十年。他沒有提及他人，如女兒的母親（他的前妻）、老師、社工、同學、朋友等。取而代之，他談及的是自己錯過了哪些警號而讓悲劇發生，他承認自己的內疚感，並請求自己和女兒的寬恕。

比起「內疚」，我們對「羞愧」在教養子女中所扮演的角色並不太瞭解。當我們成為父母時，我們的自我形象會受孩子的形象、以及我們作為父母的表現所影響⑫，因為這種「共同的身份認同」的經歷，我們會為著孩子表現不佳而感到羞愧。

因此，我們往往十分重視別人對自己孩子的評價；當孩子缺乏吸引力、態度不佳或不守規矩、或家庭無法正常運作，我們會感到羞愧。然而，我們大多數人幾乎都沒有覺察這種羞愧感就如憤怒般影響我們，導致自動化教養。

在我的實驗室中，我們研究「對孩子被批評的恐懼」如何影響父母的社交焦慮傳到孩子身上⑬。我們追蹤了一百多對自懷孕開始初為人父母的年輕夫婦。當他們的孩子四個月大時，父母雙方都完成了一份問卷，調查他們對

⑩ Tangney, J. P., Miller, R. S., Flicker, L., & Barlow, D. B. (1996). Are shame, guilt, and embarrassment distinct emotions? Journal of Personality and Social Psychology, 70, 1256-1269.
⑪ Sanders, A. & Diekstra, R. (2016). Leven en dood van een dertienjarige: 'Het is net alsof ik hier niet hoor...'. Amsterdam: Prometheus.
⑫ Aron, A., Aron, E. N., Tudor, M., & Nelson, G. (1991). Close relationships as including other in the self. Journal of Personality and Social Psychology, 60, 241-253.
⑬ de Vente, W., Majdandzic, M., Colonnesi, C., & Bögels, S. M. (2011). Intergenerational transmission of social anxiety: the role of paternal and maternal fear of negative child evaluation and parenting behaviour. Journal of Experimental Psychopathology, 2, 509-530.

自己的孩子被他人批評的恐懼程度。擔心別人對自己的看法的父母，往往也會擔心別人對自己孩子的看法。這種對負面批評的恐懼，不僅指出了孩子將來可能出現焦慮問題，也指出父母可能會以保守和過度保護的方式撫養孩子。我們大概可以明白父母會因著其年幼孩子的尖叫或少年子女的情緒起伏而擔心別人對其子女的看法；可是，想必沒有人有理由會指責一個只有四個月大的嬰兒。

當孩子與他人不同時，例如：他們的身體存有差異（如兔唇）、有精神科的診斷（如專注不足／過度活躍症、自閉症或焦慮症）、或只是智力較高或較低，父母的羞愧感可以嚴

擔心別人對自己的看法的父母，往往也會擔心別人對自己孩子的看法。

重阻礙他們為孩子做最適當的事情。在這些情況，父母經常開始擔心別人會如何看待他們的孩子，因而退回到被動和消極的教養方式，企圖使孩子達到他們（錯誤地）以為別人的期望，而非研究孩子的問題，並瞭解他們可能需要甚麼才能發揮所長。

雖然合理和符合現實的內疚感可以對父母的行為產生正面影響，但羞恥感卻會對父母的教養造成負面影響。這是因為內疚感激發了父母對孩子投放更多資源的願望，包括：道歉、修補傷害和重新聯繫。但是，羞恥感使我們將自己與造成羞恥的事件隔離。因此，當孩子做了一些讓我們感到羞恥的事情時，我們傾向於與孩子⑭以及其他可能留意到這件事的人保持距離。

羞恥感還可能導致對抗性的憤怒和後悔，從而引致反應式教養⑮。馬歇爾．斯卡尼爾（Marchelle Scarnier）和她的同事⑯研究了

⑭ Lickel, B., Schmader, T., Curtis, M., Scarnier, M., & Ames, D.R. (2005). Vicarious shame and guilt. Group Processes and Intergroup Relations, 8, 145-157.

⑮ Tangney, J. P., Wagner, P., Fletcher, C. & Gramzow, R. (1992). Shamed into anger? The relation of shame and guilt to anger and self-reported aggression. Journal of Personality & Social Psychology, 62, 669-675.

⑯ Scarnier, M., Schmader, T., & Lickel, B. (2009). Parental shame and guilt: Distinguishing emotional responses to a child's wrongdoings. Personal Relationships, 16, 205-220.

內疚感和羞恥感對親職的影響。他們請93位父母回憶起孩子在3到18歲期間所發生最糟糕的行為。這可以是一次性事件、也可以是孩子經常表現出來的行為。研究員指示父母寫下所發生的事件。父母的回答通常包含以下的因素：身體或言語攻擊、憤怒、酗酒、性行為、離家出走、撒謊、偷竊、摔壞東西、成績差、不做家課等。然後，研究員請父母描述當時的感受及反應。研究顯示，羞恥感和內疚感都和期望修復由孩子造成的破壞有關；但只有羞恥感和迴避行為有關，即是想從關係中抽離，而這正是吞噬父母和孩子的基礎。

在第二個實驗中，研究人員要求父母想像一個場景：自己的孩子在和鄰居的孩子一起玩耍時打了鄰居的孩子，而此情況在鄰居旁觀時發生。研究再次顯示，內疚感與想試圖修復破壞有關，而在此實驗的修復破壞的行為是指對孩子有充分管教。但羞恥感和憤怒則與過度反應的管教有關。由此我們可以看到，內疚感比起羞恥感更健康、更能夠幫助父母以恰當、健康和建設性的方式調整孩子的行為。

靜觀親職需要我們不斷重新覺察孩子的行為，以及我們作為父母的角色所引發出的情緒。關鍵在於教養時的感覺。如果我們的孩子行為不當，請抽時間進行三分鐘呼吸空間、或者在考慮更重大的教養問題和計劃時，請進行時間更長的靜觀練習，從而讓我們洞悉自己的情緒，並預防反應式教養。但是，要做到這一點，我們必須意識到在親職上經驗迴避會影響每一位父母，而這種迴避孩子所引發的負面情緒傾向會導致自動化教養。通過學習如何與這些負面情緒「共存」，留意並調節這些情緒對行為的影響，我們都可以學習成為自己心目中的理想父母。

練習

練習8.1

訂立自己的靜觀計劃

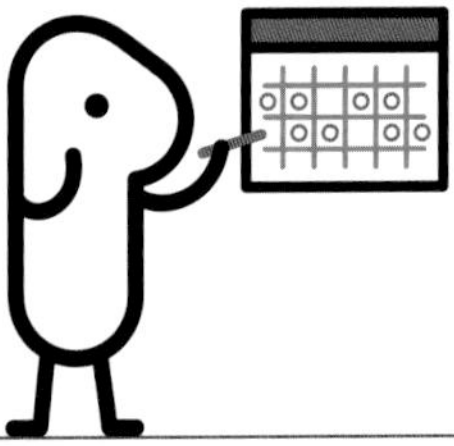

在之前的章節中，我們討論了許多類型的靜觀練習：呼吸、身體掃瞄、聲音、想法、呼吸空間、觀察、步行、開放覺察、自我關懷、慈心練習和靜觀走動。

您本週想進行哪一種靜觀練習或靜觀練習組合？請訂立一個練習計劃，包括您打算進行多久和多少次靜觀練習。

練習8.2 內疚、羞恥和修補

作為父母，您是否為某些事情感到羞恥和／或內疚？這可以是一件大事或小事。這種羞恥感或內疚感如何對您產生正面或負面影響？您覺得它怎樣影響您的教養方式？這影響是有益的還是無益的？因著內疚感或羞恥感，您有沒有想要道歉和／或作出修補的事情？您可以記錄下來，或靜觀這些感受。

在開始進行任何可能的補救措施前，請花點時間與您的伴侶或朋友討論。經過認真思考的補救措施對比起快速的反應會對關係產生更多正面影響。您可能需要先原諒自己的過錯，或許您可以給自己寫一封富有慈心的信。如果您感到羞愧，試想像一下還有其他父母也可能經歷過類似的情緒，把自己的感受和他們連繫。給予自己關懷，例如：您可以將手放在自己的胸口上。

9

第九章

愛使人盲目：拒絕和接受

「我所知道其中最令人滿足的感覺，
也是其中最能促進另一個人成長的經歷，
是來自於我以欣賞日落的方式來欣賞這個人。
如果我允許他們做自己，人們就像日落一樣精彩。
實際上，也許我們之所以能真正欣賞日落，
是因為我們無法控制它。像平日一樣，
當我在前一個晚上看日落時，我沒有在說：
『把右邊角落上的橘色稍微弄得柔和些，
然後在底邊加些紫色，再在雲中加一些粉紅色。』
我不會那樣做。我不會想控制日落。
我懷著驚嘆之情看著日落的呈現。」

——卡爾・羅傑斯（Carl Rogers）[1]

如果一個嬰兒不幸先天失明，他的父母將會為自己、孩子及他們的家庭所失去的經歷一個哀悼過程。對於孩子有殘疾，他們的家庭和生活將需要有極大程度的適應。如果這個失明的孩子碰撞到任何東西，父母並不會大喊「您走路不長眼嗎？」，因為他們知道孩子看不見。可悲的是，並不是在所有情況下都有同樣的對待。

如果孩子有比較難以察覺的特殊情況，例如：專注力不足／過度活躍症，即使仔細思考、專注或安靜地坐著，對他們來說都甚為困難的。有專注力不足／過度活躍症的孩子仍可能因而遭受責罵。同樣地，要自閉症兒童去適應和考慮他人的感受，或與他人一起玩遊戲是徒勞的，因為這些是對自閉症兒童的獨有挑戰。

要接受孩子不可避免的不完美，其中包括可識別的殘疾、或只是他們自己獨特的特質和差異，首先我們需要為孩子不能做或不會做的事情而哀悼，這同時包括：孩子和我們可能失去的東西、親子關係永遠不會成為某個模樣的事實、以及我們認為必須成為某種家庭的想法。只有這種接納才能讓我們真正理解孩子

① Rogers, C.R. (1995). A way of being. New York: Mariner Books.

個別的特殊天性、能力和需要，並幫助他們盡可能過上豐富、有意義和充實的生活。

林恩·莫瑞（Lynn Murray）告訴我她對兔唇孩子的研究[2]。研究的一個主要挑戰是道德的考慮，他們無法只是為了瞭解不同因素對兒童成長發展的長期影響，而剝奪兒童需要的東西（例如：父母的注意力）、或讓他們暴露於破壞性的經驗（例如：親職壓力）。也正因如此，我們仍然無法得知哌甲酯如利他能（Methylphenidate Ritalin）對專注力不足/過度活躍症兒童的長期影響。目前，已發展國家中約有5%的兒童正在服用此藥物。如果要進行科學性的探索，我們需要抽籤來決定哪些兒童會否吃藥，並在很多年後再跟進他們的狀況。

如果只是為了研究而讓一個兒童沒有接受可能有用和有效的治療，顯然是不道德的。但是，如果我們只是追蹤兩個已自然分組的組別，一個組別是選擇服用藥物的專注力不足/過度活躍症兒童，另一個組別是拒絕服用藥物的專注力不足/過度活躍症兒童，那麼我們不能將不同的條件進行實驗，而永遠無法確定是否有其他因素去解釋所發生的任何差異。選擇或拒絕讓孩子服用此類藥物的父母，可能會在其他方面也有所不同，例如：他們可能對孩子有不同的期望、有更健康的飲食習慣、更頻繁地搬家、更難以接受孩子的診斷、或其他多種可能因素。

由於上述的道德考量，自然的實驗慢慢成為代替科學設計的實驗的一個有用的選擇。通過自然實驗，把現實生活當作隨機因素以建立兩個分開但具有相似質量的組別。莫瑞在四間醫院進行研究，當中醫院甲和醫院乙在兔唇嬰兒出生後不久便進行手術，而醫院丙和醫院丁在兔唇嬰兒出生三或四個月後進行相同手術。醫院位於大致相似的地區，這些嬰兒的父母去哪間醫院的決定很大程度上取決於其住所地點，因此最終的分組算是頗為隨機的。

莫瑞研究了較早進行手術和較晚進行手術組別在母子關係的發展。較早進行手術組別的母親會更仔細觀察嬰兒，並且對孩子更加敏感和有更多正面互動。較晚進行手術組別中的母親傾向把視線從嬰兒身上移開，並且對嬰兒發出的信號不太敏感。當嬰兒兩個月大時，較晚進行手術組別的孩子較少望向母親、壓力也

② Murray, L., Hentges, F., Hill, J., Karpf, J., Mistry, B., Kreutz, M., ... & Goodacre, T. (2008). The effect of cleft lip and palate, and the timing of lip repair on mother-infant interactions and infant development. Journal of Child Psychology and Psychiatry, 49, 115-123.

無論我身在何處，禪語所說的「會過去的」對我來說是安慰的重要來源。

較大。在第18個月的評估顯示，較早進行手術組別的嬰兒比較晚進行手術組別的嬰兒的認知能力較佳。

造成這種差異的原因是，較晚進行手術組別的母親對嬰兒的敏感度和正面參與度較低，尤其是較少注視嬰兒。移開視線也暗示不接受孩子的殘疾。因為這太痛苦了，所以母親不想看到嬰兒，可是這卻是沒有給嬰兒所需關注的代價。缺乏關注會損害母子關係，並可能最終損害孩子對自己和自我價值的認知。在莫瑞的研究計劃中，解決方案很明顯——對於兔唇嬰兒來說，較早進行手術更為可取。但對於其他形式的差異，解決方案可能沒有這麼簡單。但我們可以確定的是，移開視線永遠不會是好的答案！

從有缺陷的孩子身上移開視線，無論是實際上的或意義上的，都是受到親職上經驗迴避③概念所驅使，我們將會就此進行更詳細的探討。我們每個人都有推開負面情緒的傾向，例如內疚、羞恥、悲傷、恐懼、痛苦、憤怒、嫉妒和納悶，因為我們不想感覺到這些情緒。同時，我們嘗試留住正面的情感，例如快樂、愛、享受和幸福。佛教認為，這是造成我們許多苦難的原因——過於緊緊地抓住我們所享受的，並竭力避免自己不喜歡的。

為甚麼對我們來說，真花比假花看起來美麗得多？有部分原因是，因為我們知道真花很快凋謝並枯死，這種認知使我們更會享受它們。它們並非永恆的——我們不能永遠保留著它們，我們終有一天失去它們。無論我身在何處，禪語所說的「會過去的」對我來說是安慰的重要來源。不論是持續的工作衝突、被愛人拋棄的感覺、有健康問題的孩子、或重建失去的事物，這一切都會過去，或者至少我目前的痛苦狀態都會改變。

③ Cheron, D. M., Ehrenreich, J. T., & Pincus, D. B. (2009). Assessment of parental experiential avoidance in a clinical sample of children with anxiety disorders. Child Psychiatry and Human Development, 40, 383-403.

練習以「平等心」（equanimity）面對必然會發生在自己和孩子身上的好與壞可以幫助我們減輕痛苦，和培養靜觀親職。平等心一詞源自拉丁語的aequanimitas，意指即使在有壓力的時候也能夠維持情緒穩定。平等心就是接納所有經歷，不論好壞。所以，我們應該嘗試有意識地感受負面情緒，即使只是在身體上的層面，也不要迴避這些情緒或變得麻木。

人們嘗試通過各種方式去迴避負面情緒，例如：濫用酒精、暴飲暴食、努力工作或要時刻和其他人一起。接納負面情緒的意思是，我們要如實看待情緒，接納而不是抗拒它們。我們可以從生活的各個方面實踐這種接納，而不僅僅是在親職方面。接納並不代表只是被動地聳聳肩膀，而是積極地面對我們的情緒，從而全面感受和投入人類的各種情感。弔詭的是，只有我們接納情緒和放下，才能獲得改變事物的力量。

作為在青少年精神健康範疇工作的靜觀親職培訓師，我經常接觸一些父母，他們的孩子被診斷為有心理問題。這可以是自閉症、焦慮症、抑鬱症或成癮問題。靜觀親職也應用在醫學上，為一些患有癌症或長期痛症孩子的父母提供治療。我們也可以評估這些孩子的狀況為暫時還是永久的。

當父母最初面對孩子的診斷時，可能沒有獲得可靠的資訊去知道這些狀況的可變性及其後五年或十年的情況。其不可預測性和可能治癒的希望使哀悼當下情況變得複雜：到底家長應該花時間接受失去、還是付出所有精力去解決問題？

在這種情況下，即使父母沒有迴避自己的負面情緒，只要當孩子的情況有轉變時，他們還是會多次經歷由伊莉莎白・庫伯勒－羅斯（Elisabeth Kübler-Ross）④所提出的哀傷五階段——否認、憤怒、討價還價、抑鬱和接受。其他情緒也會在這段期間出現，如：恐懼、羞恥、因無法避免狀況發生而產生的內疚感，以及父母因為自己沒有生病而產生的倖存者罪惡感（**請參閱第八章**）。能夠純粹與各種強烈情緒「同在」，坐在坐墊或沙發上說：「您們可以出現，我現在已準備好」，是靜觀親職中最需要關注的部分。然而，這部分是非常值得我們去努力，因為這最終會帶領我們去接納，而接納是感受和建立每位孩子的獨特需求及能力中不可或缺的。

靜觀親職小組的一位家長告訴我，她的

④ Kübler-Ross, E., & Kessler, D. (2014). On grief and grieving: Finding the meaning of grief through the five stages of loss. New York: Simon and Schuster.

乳房發現了一個瘤，而她的母親曾經患有乳癌。當她打電話告訴母親這個消息時，她的母親說：「噢不！在現時已有的一堆問題上，我真的無法處理這個問題！」當然，我們可以理解這個消息令她母親的情緒崩潰；然而不明白的是，為甚麼那母親沒有嘗試去處理這些感受，而是容許自己以笨拙的方式作出反應。如果她改為說：「親愛的，我需要半小時去消化這事情，然後我會再致電給您」，接著坐下來對自己說：「沒關係，讓我感受一下」，那麼情況或會有所不同。說不定她會覺察到，看到女兒受苦對自己來說是一件艱難的事，以及這個消息如何使她在患癌期間所經歷的恐懼、羞恥和無能為力的情緒重演。通過接納這些感

覺，她可能會發現一些重要的事情可以與女兒分享，讓女兒感到自己的痛苦被關注，母親會在旁邊支持她。

親職經驗迴避可以發生在兩個層次。讓我們看看一個較嚴重的身體或心理狀況的簡單例子。試想像您的小兒子因為無法入睡而再次起床。他感到難受和擔心如果無法入睡，明天他會再次感到非常疲倦。親職經驗迴避的第一個層次，就是您不希望孩子在床上輾轉反側、擔心各種事情或在上學期間感到疲倦。您希望他快樂、開朗和健康。最好的是您可以使用魔法讓他入睡，從而令這些負面情緒立即消失。

迴避的第二個層次是對您作為父母的情緒影響。這可以是，因為您仍有工作要完成但當下無法集中精神而產生的壓力和煩擾；因為您的孩子無法像其他孩子一樣容易入睡（或至少不像您想像中的容易）而產生的失望；或因為過了忙碌的一天但沒有自己的時間而感到精疲力竭。某程度上，這為擔憂孩子的問題會帶來更嚴重的後果，例如：因為他在學校無法集中精力而自責；因為覺得老師會認為您沒有在適當的時間讓孩子睡覺而羞愧；因為覺得自己是個不好的父母而痛苦；或是對沒有認真看待問題而讓您自行解決的醫療專業人員感到憤怒。

作為父母，您自然傾向迴避孩子的負面情緒、以及自己因孩子的問題所經歷的負面情緒。這可能會影響您的反應：也許您會憤怒地把他送回床上，或放棄您在晚間的計劃而在床上陪著孩子以便他立即入睡。可是，如果您花時間坐下來集中感受因孩子無法入睡或躺在床上而產生的感覺時，那又會如何？

如果您在孩子每次起床時給自己一個呼吸空間、感受自己的身體和呼吸，並覺察到當他起床時自己產生的所有想法、感覺和憂慮，那會怎麼樣？如果您對自己說：「這是可以的，讓我感受一下！」，這是接納孩子感受他自己的感覺，以及您感受到自己的感覺的開始。這種接納能為您創造出一個空間，讓您可以為問題作出深思熟慮的決定。

無論您的孩子有哪種可能為您帶來煩惱的行為或性格特質，例如：無法入睡、因得不到想要的東西而發脾氣、用餐時不願進食、花過多時間在電腦上、從來沒有收拾整理自己的東西、不做功課、或其他事情。每當孩子表現出這些行為或特質時，嘗試覺察自己的情緒和身體反應。仔細觀察有甚麼在發生。您在抗拒甚麼？您有甚麼不讓自己去感受？將注意力集中在這些情緒和身體的感覺上，而不是將它們推開。停下來呼吸，如果您願意的話，給自己一點慈心。想想萊因．尼布爾（Reinhold Niebuhr）的寧靜禱文⑤：

「賜予我平靜的心接受不可改變的事；賜予我勇氣去改變可以改變的事；並給我分辨兩者的智慧。」

處理行為問題或改變行為的起點是需要去接受事件的當前狀態，即現在的情況。一行禪師稱之為「事物的本相」。如果您經過漫長的一天工作後回家，發現整潔的房子變得凌

⑤ Shapiro, F.R. (2014). 'Who Wrote the Serenity Prayer?', The Chronicle Review, April 28.

亂，先不要立即作出反應；相反，在這一片混亂中坐下來環顧四周，接受一切，然後留意您的內心。您有甚麼感覺？您的身體覺得怎樣？您留意到自己有甚麼行為衝動？如實地看見房子的現在的狀況，告訴自己「讓我感受這一切」。只有當您瞭解狀況和自己的情緒後，才決定選擇做甚麼。無論是自己清理、吩咐其他人清理、任由它維持原狀、還是表現出一定程度的憤怒，這都是基於您充分瞭解現況和自己身心的狀態下而作出有意識的選擇。

有時候，父母在面對一些更緊張和嚴重的情況時，他們必須要學會接受。他們的孩子可能患有退化性疾病；對他人構成危險而留在安全機構接受治療；有自殺念頭；或者是恐怖襲擊中的受害者。這些都是真實的孩子和真實的父母所經歷的真實事情，那些父母必須要學會接納它們。您可以選擇將這些父母帶入您的靜觀練習中，並祝願他們有堅強、決心和平安。

練習

練習9.1
平等心

練習對天氣的平等心。明天當您離家時，注視天空，感受空氣的溫度和濕度，對日曬和雨淋保持平等心。吹在臉上的風、打在面頰上的雨水、照射在皮膚上的陽光，會產生甚麼感覺？觀察雲朵移動、樹木搖曳。另外留意自己的身體姿勢：如果發現自己在寒冷或下雨的時候會瑟縮成一團，那就伸展身體吧！就如接受溫暖的陽光一樣，接納雨水和冷風。

練習在面對孩子的情緒和行為時，保持同樣的平等心。如果您的孩子哭泣、發脾氣或態度不好，可以全神貫注地觀察他們，接納他們當前的情緒狀況，並不加批判地留意它們對您的影響。對自己說：「會過去的」。當孩子心情愉快時，亦要培養同樣的平等心，觀察他們的外表和行為，以及它將如何影響您。對自己溫柔和善地說聲「謝謝」。感激自己正感受這喜悅，知道這感覺也會過去的。

練習9.2

與困難靜坐

（聲音導航9）

這可能是一個艱難的靜觀練習，因為您需要刻意地專注於困難的處境或感受以探索解決方法和慈心。您可以選擇一個不太困難的情境或感受開始，又或當您沒有準備好去經歷太強烈的感受時，例如：有時候帶著疲倦的身心回到家，看到孩子還沒有把洗碗機清理的情境，已經可以是很辛苦了！當您累積更多經驗後，您可以嘗試更困難的感受和情境。在這星期內每天重複進行練習，您可以運用聲音導航9或以下文字輔助練習；假如您選擇使用文字，請設置鬧鐘，以便在十分鐘後結束靜觀。

坐一個靜觀的姿勢，以這個坐姿，花一點時間去感覺，此地此刻的感覺是怎樣的——您的身體與不同平面接觸的感覺、呼吸如何在身體進出的感覺、和您自己當下情況的感覺。當您安頓下來後，容許腦海浮現令您感到有壓力或導致其他負面情緒的育兒情境，例如：孩子不服從要求、孩子最近發脾氣、或因為孩子在校的不良行為需要會見老師。

利用以下問題，把該情境想像得越真實越好：

- 我在哪裡？
- 還有誰在那裡？
- 發生了甚麼事？
- 對方（或其他人）說了些甚麼？
- 我做了或說了些甚麼？

然後問問自己：

- 在那情境下我有甚麼感覺？
- 我的身體感覺是怎樣的？
- 我感受到甚麼情緒？

現在把注意力重新放回到身體上，坐在此時此刻。您注意到甚麼？有任何張力或其他感覺嗎？仔細地感受身體的感覺，集中留意這些感覺。跟自己說：「這是可以的，讓我感受一下！」，然後更接近這些身體感受，讓您的注意力停留在那裡，無需批判。如果您感到緊張或不適，嘗試呼氣吸氣。每當您留意到自己分心時，重新將注意帶回當下。

當練習令您感覺太過強烈時，您可以隨時回到感受身體接觸或呼吸節奏；當您再次安頓下來後，重新將注意力轉移到緊張或不舒服的感覺上。當與困難共處時，您也可以選擇給予自己慈心，例如對自己說：「我正在經歷困難的時候」、「可憐的（您的名字），要成為好的父親/母親並不容易」。如果您願意，亦可以將手放在胸口上，或給自己一個擁抱。

在類似或不同的親職情境下，重複這個練習也是有幫助的。

練習9.3

以孩子最差的行為作為靜觀的鐘聲

思考一下孩子的哪一個行為令您的困擾最大。可能是在您希望擁有自己的時間時，孩子卻一直找您；當他不能隨心所欲地行動時作出不恰當的反應；他刷牙不夠徹底或早上睡過頭。現在，選擇其中一件會定期發生的行為，以令練習更為有效。請把這行為記錄下來。

下週將利用這行為作為您的靜觀的鐘聲，即提示您練習靜觀。無論行為在何時發生，在您選擇如何應對或是否應對之前，立刻進行三分鐘呼吸空間。記下您從中學到甚麼。您可能會發現這行為背後困擾您的感覺和想法，或者發現呼吸空間持續改變您平常的反應。您甚至可能會發現，孩子的行為也隨之改變。嘗試對這個練習所產生的一切保持開放的態度！

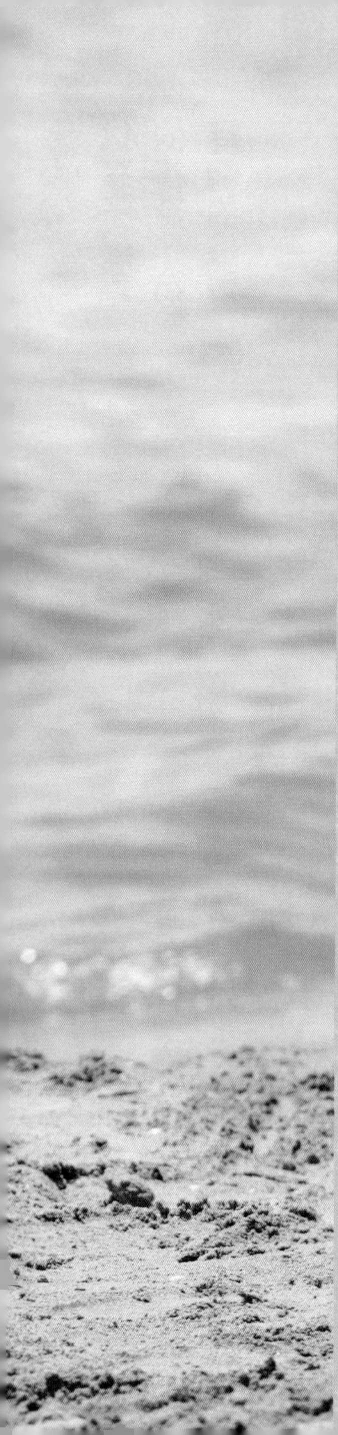

⑩

第十章

基本思維模式：重新經歷您的童年

「每個人的內心都隱藏著一個愛玩的小孩。」

——弗里德里希．尼采

生育及撫養孩子（和孫兒）是我們一生中情感最豐富的旅程之一。隨著孩子成長，我們也會重溫自己的童年。當我們幫助孩子建造沙堡壘、抵禦快將來臨潮汐的同時；我們也享受著陽光、沙灘和海水的觸感，亦感受到由濕沙堆成沙堡壘的外牆、在塔頂上撒上乾沙及用貝殼裝飾沙堡壘所帶來的喜悅。我們會為創造到最大、最高和最堅固的沙城堡而感到自豪，但當潮水的力量將其推倒時，我們亦感受到自己的渺小。

除了潮汐推倒沙城堡的時候，在我們建造沙堡壘的過程中，時間都好像停頓了。在這一刻，我們全然地活在當下，和自己的孩子同在。同時，我們亦因為和自己心中那渴望玩耍的小孩產生連結，重新體驗童年時的生活。這種雙重體驗同時讓我們的孩子感到高興，也與自己內心的小孩重新建立聯繫，這給予親職一份獨特的情感①。

當成為父母時，我們除了再次經歷童年的時光，也重新體驗受父母養育或照顧的經歷。當我的第一個孩子出生時，我為這餘生都要承擔著的巨大責任而感到震驚，而那一瞬間我謙卑且衷心地尊敬我的父母，他們承擔了不少於

① Bögels, S. M., & Restifo, K. (2014). Mindful parenting: A guide for mental health practitioners. New York: Springer, Nortcn.

五個孩子的責任。這是一項多麼艱鉅的任務，需要多少勇氣、多少奉獻精神、多少對人生的信念！最後，作為一個沒有安全感的年輕家長，我開始理解十誡的智慧：「當孝敬父母」。

成為母親後的第一週，我寫了一封很長的信給父母，信中提及過往父母養育我的美好回憶、感謝他們所做的一切以及寫下他們對我的意義。我在信中將自己與他們連繫在一起，我現在也成為他們的其中一份子——家長。我表達了自己的盼望，希望把我從他們身上學到的傳遞給兒子。十年後，父親突然去世，我在他的辦公桌手寫板下找到了這封信。那是他經常坐著工作的地方，他究竟有多經常重讀這封信？這封信對他的影響又有多大？我永遠不會知道，但我希望他能感受到我作為新手父母時，對他和母親深切而真誠的尊重。

懷孕期間，我非常熱衷於為嬰兒編織和縫製自己設計的衣服、在嬰兒的床單縫上自己的刺繡圖案、甚至為他手製小鞋子。這些是我在童年無憂無慮的時光裡從母親那裡學到的技能。但多年來，兼任科學家和心理治療師的公務繁忙，我一直沒有像童年時做這些手作。直到現在撰寫這篇文章時，我才意識到這些行動不只是一種母性衝動，我還為自己進入父母這角色作準備而重新體驗了我的童年。十三世紀的禪宗大師道元禪師（Dogen Zenji）曾說，當我們的孩子出生時，我們自己會成為一個孩子②。他是多麼的正確。

當我們成為父母時，重新體驗年幼時和父母關係中美好的一面，是一種愉快的經歷。但是，很多人不僅會重新體驗正面的成長過程中，亦會經歷負面的一面。儘管我們盡最大努力只傳遞一些正面的影響給子女，但有時我們無意間也會傳遞一些負面的影響、或者在太過努力地不傳遞負面影響時而弄巧反拙。例如：一名新手媽媽在年幼時因父母忙於經營旅館而被忽略，所以她現在讓自己任何時候也照料孩子至溺愛程度，甚至疏忽照顧自己。一名曾受過父母和老師嚴厲體罰的新手父親，因過於努力控制自己的脾氣，在孩子犯錯時卻捧腹大笑而顯得沒有認真對待自己或認真擔起作為父親的責任。通過有意識地重新體驗自己的成長經過，並有條不紊地向孩子傳遞正面的影響，我們可以豐富和享受親職的過程。

由心理學家傑弗瑞·楊（Jeffrey Young）③提出的基模療法（Schema therapy）可以幫助

② Tanahashi, K. (1995). Moon in a dewdrop. Writings of Zen Master Dogen. New York: New Point Press.

③ Young, J.E., Klosko, J.S. & Weishaar, M.E. (2005). Schemagerichte therapie: Handboek voor therapeuten. Houten: Bohn Stafleu van Loghem. Young, J.E. & Klosko, J.S. (1999), Leven in je leven: Leer de valkuilen in je leven herkennen. Lisse: Swets & Zeitlinger Pearson.

父母梳理自己在親職過程中再次被勾起的混亂記憶和童年事件。基模（Schema）是我們與重要的依附對象（例如：父母）從過往的關係而產生的內在心理展現。這些內在心理展現的例子可以是：「如果我哭泣，我便會被餵飽」、「如果我感到疼痛，我便會得到安慰」、「如果我憤怒了，我便會被打」和「如果我犯規了，我便受到懲罰」等。但是，基模的複雜程度遠遠超出簡單的「如果——那麼便」關係，它們還涉及到複雜的情緒、身體感受及行為。

例如，「如果我憤怒了，我便會被打」的念頭會和憤怒及恐懼的情緒、一些面對壓力或痛楚的生理反應、表達憤怒、逃避被打或被打後退縮的行為相互交織。基模所指的便是這個整體經歷，我們會同一時間經歷到所連帶的情緒、身體感覺、思想和衝動。基模幫助我們瞭解並組織實際情況，從而預測新處境；但同時亦會對現實以偏概全。

因此，對於某些人來說「如果我憤怒，我便會被打」的心理聯想可能不僅會被概括為「如果我憤怒，我可能會感到恐懼和退縮」，還會被概括為「如果我憤怒，我便會遭到拒絕」。內化這種思考模式的人，可能會害怕表達憤怒的結果，因而可能抑壓所有的憤怒以避免這些後果。我們並不是天生便懂得取悅他人，而是後天造成的。

基模告訴我們怎樣看待及經歷關係、怎樣在一段關係中行動、怎樣選擇一段新的關係。根據傑弗瑞·楊的說法，基模分為有益或建設性的適應模式和有害或自我挫敗的不良模式。有一些不良的基模，在過去某些情況下很有可能是有幫助的，例如「如果我生氣，我便會被拒絕」的基模對於在成長時因發怒便會受體罰的孩子，在當時可能是有幫助的。但當孩子長大成人時，尋求一個共度餘生的伴侶時，相同的基模便變得不再適合。因此，何謂適應和不良的基模，可以隨著不同的環境和關係而改變。

基模亦會自行循環不息。我們的選擇性感覺、選擇性詮釋、選擇性記憶、迴避和重複確認了基模。例如，擁有「如果我憤怒，我會被拒絕」基模的人，會更容易注意及記得憤怒導致拒絕的情境；而且，比起憤怒後沒有被拒絕的情境，他們更會記得因憤怒被拒絕的情境，並傾向把一些在對憤怒的中性或含糊反應詮釋為被拒絕。因此，這些人會盡可能地壓抑憤怒，但久而久之所壓抑的怒氣最終會爆發至必被拒絕的程度。在最壞的情況下，他們甚至可能選擇一個會施虐的伴侶來確認該基模。

父母可以將自己童年時與照顧者互動所產生的不良基模傳遞給子女。而某些特定事件會激發這些不良基模。例如，對於一位有「害怕被遺棄」基模的母親而言，當孩子嘗試堅持獨立並憤怒地尖叫「我想要另一個媽媽！」時，這會觸發她的基模。對於已離婚的母親，若孩子尖叫著說他的繼母比她好時，那麼會更強烈地刺激該名母親的基模。她會感到脆弱和恐懼，認為她的孩子將永遠離開自己，因而竭盡全力防止料想中的遺棄，例如：溺愛孩子、說繼母的壞話、甚至開始申請法律上的正式監護權。

基模可以被視為我們的弱點。它們並不經常活躍，但一旦被觸發，可以改變我們的整體思維、感覺和行為。傑弗瑞・楊把我們在特定時刻下的思維、感覺和行動稱為一種模式（mode）。我和凱瑟琳・雷斯蒂福（Kathleen Restifo）[1]認為，當父母在情緒上受到子女刺激時，他們會自動地及無意中陷入某些模式。

假設一名父親在訓斥他的孩子時帶有責備意味地指向孩子，他會認為自己是傑弗瑞・楊所說的「健康成人」的模式行事，這模式將會在下文詳談。但當他的情緒被某特定事情所激發時，他也可以以另一個模式作出反應，包括「內在小孩模式」或「內化家長模式」。而這些模式是基於他在童年時與父母或其他重要依附對象的親身經歷。

首先，讓我們來想像一下當「小孩模式」被激發時的情境。當與孩子互動時，該父親會重新經驗自己彷如小孩一般與自己的父母互動，從而重新經驗當年父母譴責他做錯事時的感受。傑弗瑞・楊區分了三種「小孩模式」（其實可以有更多種模式）。「脆弱小孩」（vulnerable child）模式涉及被拒絕、被遺棄、甚至被忽視或受虐待的孩子。「憤怒小孩」（angry child）模式涉及一個對於需求未被滿足而生氣，並以一個自以為是、操縱別人和自我中心的方式表達憤怒的孩子。最後，「衝動小孩」（impulsive child）會以即時的慾望、即時的自然本能和直覺行事，卻不考慮後果。

① Bögels, S. M., & Restifo, K. (2014). Mindful parenting: A guide for mental health practitioners. New York: Springer, Norton.

或者，這也可以是「內化家長的不良模式」被激發的情境。通過與孩子互動，父親重新體驗當年與自己的父母互動，但這次是從是父母的角度出發，一個已內化了的模式。傑弗瑞·楊區分了兩種不良的父母模式（同樣地亦可以分成更多其他模式）。「懲罰性家長」（punitive parent/ punishing parent）模式以苛刻和不寬容的方式去批評和懲罰孩子的頑皮行為，雖然所謂的「頑皮」只是孩子的正常需求，但當年自己作為孩子時卻不被父母允許的。「要求高的家長」（demanding parent）則會使用脅迫、壓力和死板的方法來推動孩子達到他們過高的要求，並認為表達情感或任何隨性的行為都是錯誤的。

在親職中，我們會感受和體驗孩子的感受和經歷，同時重新經驗自己的童年和如何被養育。這種獨特情緒承載會放大我們的好與壞的情緒。因此，和孩子接觸可以增加我們的幸福和快樂，但同時也可以增強憤怒、沮喪、擔憂、恐懼和內疚的感覺。當與孩子互動而觸發起強烈的情緒時，我們很有可能會以「內在孩子」或「內化家長」模式作出反應。由於各種的模式描述了我們在任何特定時刻的思考、感覺和行為方式，這些模式可能會同一時間被觸發、或者快速地一個接著一個被觸發起來。

以下是一個參加我的靜觀親職小組母親的例子。這位母親有一個患自閉症的女兒，女兒對痛的感覺非常敏感，她會在早上媽媽幫她梳頭時尖叫。這使這位母親感到很大壓力和憤怒，從而更大力地梳她的頭髮，使女兒更大聲地尖叫。這觸發了這位母親的絕望感，她覺得自己是一個不好的母親，沒辦法好好照顧女兒。當校車抵達家門時，兩母女都顯得筋疲力盡。

我問該母親，這個情境是否勾起了她自身的成長經歷或與父母的互動。她回憶說，小時候她必須自己完成所有事情，因為她的父親患有自閉症，而母親總是忙於照顧行為不當的自閉症弟弟。她覺得自己沒有生氣或搗亂的空間，因為她的母親已經無法再應付任何額外的問題了。這使她嫉妒她的弟弟，覺得他霸佔了母親的注意力——而這嫉妒的情緒如今亦指向自己的女兒，因為女兒同樣地獲得了母親持續且不求回報的注意力，這是她在童年時沒有得到的。

然後，我問她在與女兒的互動中有否察覺到出現任何「內在小孩」或「內化家長」的模式。她馬上辨認出「憤怒小孩」模式，那個弟弟得到所有關注而自己卻沒有得到的憤怒小孩，以及現在沒有從自己女兒身上得到任何關注的憤怒小孩。我繼續追問有否辨認到其他模式，經過一番思考，她辨認出自己的「要求高的家長」模式——當年父母期望還是孩子的她

可以自己處理所有事情，現在她也期望自己可以為女兒做所有事情。而當稍有失誤發生時，她便覺得自己是一個失敗的媽媽。她突然回憶起小時候曾因為沒有把頭梳好，母親便違反她的意願而剪去她的頭髮。這種記憶開啟了「懲罰性家長」模式，那個用力地梳理女兒的頭髮的母親。

最後，我問這位母親這些「憤怒小孩」、「要求高的家長」或／和「懲罰性父母」對「健康成人」模式的她需要甚麼？「健康成人」模式是基模治療的核心——這是我們富有慈心、滋養、智慧和堅定的一面，我們因而能識別底線、訂立優先順序及經驗自我價值。如果這個

「健康成人」模式夠強大，它可以安撫和控制所有不良的模式。這位母親回答說，她的「健康成人」想安撫「憤怒孩子」，因為她的父母忽略了她，並告訴這個小孩是有理由對父母感到生氣和嫉妒弟弟。她說在未來的日子都不會忘記自己心中的「憤怒小孩」，並覺察自己的需要。每次梳完女兒的頭髮後，她會花點時間為自己送上慈心，把手放在胸口上並對自己說：「要撫養我的女兒的確不容易」。而她最後打趣道，或許該是時候教女兒如何自己梳頭了。

那麼，基模模式（schema mode）可以如何實際地在日常生活中幫助忙碌的父母？關鍵是要意識到每當您和孩子互動時而觸發的強烈情緒，和您自動地作出一些事後感到後悔的反應，那麼您很有可能是在「戰鬥或逃跑」的反應中（請參閱第一章），或者是陷於一些不良基模模式中。在這種被刺激的狀態下，第一步可以練習呼吸空間，和／或給自己一些慈心。接下來，您可以跟從「識別基模模式」的練習去洞察可能觸發到哪些不良的模式，並瞭解如何以「健康成人」模式去應對及照顧自己。

透過照顧「內在小孩」和「內化家長」的模式，您可以改善您管教和照顧的方法。在我的靜觀親職小組中，我留意到這些家長會突然意識到，當他們的孩子發脾氣時，他們亦會變得焦躁（「憤怒小孩」模式）。這通常是個頓悟的時刻。一般的學習過程分為四個階段：無意識的無能力（當學習者沒有覺察這知識鴻溝的存在）、有意識的無能力（當學習者認知到自己缺乏這知識並開始學習時）、有意識的能力（當學習者需要很花力氣把知識應用到日常生活中），和無意識的能力（當知識轉化為第二天性時）。當父母意識到自己在「憤怒小孩」模式時，他們會馬上從無意識的無能力變成有意識的無能力，並準備好開始改善自己和親職技巧。

一行禪師曾如此優美地描繪，我們在生氣時必須特別照顧自己④：

「憤怒就像一個在嚎哭的嬰兒，伴隨著受苦和哭泣。這個嬰兒需要他的母親來擁抱他，而您便是您憤怒的母親。當您開始練習靜觀呼吸時，您便擁有母親的力量，去擁抱和接納您的嬰兒。單純地擁抱自己的憤怒，單純地吸氣和呼氣，這樣便足夠好了。嬰兒就會感到放鬆……以極大的溫柔去擁抱您的憤怒。您的憤怒不是您的敵人，您的憤怒是您的嬰兒。」

④ Nhat Hanh, T. (2001). Anger: Wisdom for cooling the flame. New York: Riverhead Books.

憤怒就像一個在嚎哭的嬰兒，
伴隨著受苦和哭泣。
這個嬰兒需要他的母親來擁抱他，
而您便是您憤怒的母親。

練習 10.1

識別固有基模模式

描述一次您和孩子相處時，他的行為令您有強烈情緒的片段，同時您事後對自己過度反應的管教亦感到不滿。思考這情境有否令您記起自身的童年經驗，同時嘗試識別任何出現的小孩或家長模式。如有的話，思考您可以如何照顧自己？以下是一個例子：

觸發事件 ●**描述一個有壓力的相處**

孩子們不斷製造噪音，而樓下的鄰居因此感到很憤怒，但我的丈夫不但無視這情況，甚至看似鼓勵孩子繼續吵鬧下去。

行為模式 ●**描述您過度反應的管教：**

我不停警告他們，卻沒人聽我的話。

個人背景 ●**這情境有否令您想起自己的成長經歷？**

因為我媽媽是長期病患者，我童年在家時一定要保持安靜。

這亦意味著我要背上很多責任和需要自己照顧自己。

基模模式 **● 描述出現了「憤怒、脆弱或衝動小孩」模式，和／或「要求過高或懲罰性內化家長」模式。**

這是一個擔心媽媽的脆弱孩子，很多時間都是獨自一人，她已盡了最大的努力，但很少得到認可或關注。

我需要甚麼？ **● 我該怎樣照顧自己的小孩和／或內化家長模式？**

儘管我感到孤單，但我實際上並非如此——我的丈夫可以幫助我處理和鄰居間的問題。當我感到脆弱時，我會請他支持我。

練習 10.2

與家人一起的靜觀日

儘量在平常的家庭生活中全日保持覺察，這是一個能幫助您把靜觀融入到日常生活和父母角色的好練習。靜觀日好比猶太人的安息日。當我和家人住在倫敦時，我有一個經驗，我的猶太朋友邀請我們到他們家一起度過安息日。

因為安息日是禁止工作的，他們早在早一天晚上便準備了一切。在安息日當天，朋友和他們的孩子都在花園裡，大家聊天、在草地上玩、玩桌上遊戲、踢足球。父母雙方都能完全放鬆和開放自己。每個人都很享受桌上的美味佳餚。當天沒人看電視、用電話、讀報紙，或使用電腦。如果孩子們想拜訪其他朋友，他們不能打電話，而是要步行到朋友那兒，因為當天是不允許使用機械式交通工具的。我們感受到平靜的氣氛、彼此間的聯繫、溫暖和無盡的時間。能在倫敦的忙亂中感到平靜，我們都十分歡迎和很驚奇，因此便放棄了當天其他計劃，在朋友家待了一整天。

選擇一個與家人在一起的日子，但這天您並不需要處理其他事務或

約會，週末通常是最適合的。您可提前告訴您的伴侶，您打算過一個靜觀日，並簡要說明這一天將如何運作，讓您的伴侶和家人知道如何配合您。您可按孩子的年齡決定如何向他們說明您的計劃。

靜觀日當天，遠離外在的一切干擾，如電視、音樂錄音（由自己彈奏樂器或聆聽家人彈奏樂器除外）、報紙、信件、電郵、互聯網和電話等。請確保您所處的房間中沒有電腦、電視或音樂和電話。另外，請避免閱讀或進行任何您平常在辦公室會做的工作。不要喝酒，並限制飲用含咖啡因的飲料，例如：茶和咖啡。

這一天無論您在做甚麼，都要以覺察的心投入地做。如果是家務，請全心投入去做，不論是清潔、為馬鈴薯削皮、洗碗或其他事情，請您全心全意集中於手頭上的任務，而不必著急完成。不管要做的事情有多平凡，都要全心投入，並不質疑或問為甚麼不由別人去做。

在筆記本上訂立一天的時間表，包括在何時靜觀或瑜伽、何時進行靜觀飲食、何時進行靜觀工作（一些沒有壓力、重複性的工作，例如：清潔、園藝或熨衣服等）、何時與孩子一起享受靜觀時間和／或活動、何時與伴侶一起享受靜觀時間和／或活動。例如：

07.00 早上靜坐

07.45 有覺察地準備早餐

08.00 叫家人起床前有覺察地喝一杯咖啡

08.15 先花些時間觀察家人如何睡覺，然後有覺察地叫他們起床

08.30 有覺察地吃早餐、說話和聆聽

09.30 自己或和家人散步一小時。如果和家人一起，可練習靜觀交談並覺察當中彼此靜默的時刻

10.30 有覺察地和孩子遊玩、同在或對話

11.00 有覺察地在花園裏幹些活

12.30	有覺察地喝一杯咖啡
12.45	有覺察地準備午餐
13.15	有覺察地吃午餐
14.15	睡覺、休息或靜觀
15.00	有覺察地和孩子遊玩、同在或對話。
15.30	靜觀瑜伽、或其他能讓您精神起來的運動（如游泳）
16.15	靜觀閱讀、畫畫或玩音樂
17.30	有覺察地為家人準備晚餐或分配準備晚餐的工作
18.30	晚餐——有覺察地吃、說、聽
20.00	靜觀步行或和家人玩遊戲
21.00	有覺察地哄孩子睡覺（或請伴侶去做）
21.30	靜觀練習
22.15	睡覺

⑪

第十一章

終身親職

「有時候不到您第一個孫子女出生，
完美的愛都不會出現。」
——戈爾．維達爾

想像一下這個情境。我躺在牙醫的手術椅上，滿口都是牙醫器材。我的牙醫是一個友善和能幹的專業人員，我喜歡並信任她。她開始和我聊天：

「我曾在網上搜索過您……關於靜觀親職的資料。我多希望我在女兒小時候就知道這些。我記得當她還是嬰孩時，在工作了一整天後，我有時會覺得自己不太想回到她的身邊。為了推遲回家的時間，我會留下多做些行政工作、或再給多一位病人打電話。我的工作日程是很容易預測的，這與母親這個崗位完全相反。現在女兒已是一個青年人，一切都太遲了……」

我心中很想大喊「不！」，但是我滿口都是牙醫器材。事實上，留意到自己的管教方式，或以不一樣的關注和孩子相處，永遠都不會太遲。畢竟，在您的餘生中或更長的時間，您還是您孩子的父母。

當我開始為子女有嚴重行為問題的父母提供靜觀親職課程時①，當中有些子女有犯罪記錄、被開除學籍、濫用藥物或正處於危險

① Bögels, S. M., & Restifo, K. (2014). Mindful parenting: A guide for mental health practitioners. New York: Springer, Nortcn.

的家庭關係中，經常在課後有家長跟我聊天。他們通常會嘆氣道：「如果我能早些上這個課程，也許我可以阻止事情失控。」因此我們調整了靜觀親職課程的內容，把課程對象擴展至更年幼的、並有行為問題孩子的父母，甚至是嬰兒的父母②及懷孕中的夫婦③。

伊娃．波哈斯（Eva Potharst）是一位靜觀親職導師和幼兒精神健康專家，她發展了一套名為「和寶寶一起靜觀」的課程（Being Mindful with Your Baby）。在該課程中，她與一群新手母親一起練習靜觀。母親們會和嬰兒一起上課，並練習將全部注意力集中到嬰兒身上（嬰兒需要甚麼、在經歷甚麼、想要表達甚麼？），然後再重新專注於自己身上（我需要甚麼、我在經歷甚麼、我現在怎樣？）。通過這樣的練習，這些母親能學會在對孩子的關注和對自己的關注之間找出平衡。

接生及婦產科醫生艾琳．韋林加（Irene Veringa）是一位靜觀親職導師，她為感到焦慮的孕婦及其伴侶提供「靜觀分娩和親職」（Mindfulness Based Childbirth and Parenting, MBCP）課程。準媽媽可能會對懷孕、分娩過程、或將來作為母親而感到恐懼。這個課程教授準媽媽練習以不批判的方式去覺察此時此刻，留意從懷孕、到分娩及其後的身體變化，讓她們從懷孕的初期就開始練習靜觀親職，並希望她們帶著同樣有意識的覺察力迎接發展中的孩子、和孩子的關係，以及和伴侶關係的變化。

因此，靜觀親職其實可以早在嬰兒出生前就開始。令人高興的是，在另一端，學習靜觀親職永遠都不會太遲。在一生當中，人與人之間的關係一直在發展著。在當父母和祖父母的每個階段，我們都可以練習對孩子和孫子女不帶批判性的覺察、並經營和他們的關係。儘管我的孩子們現已長大成人，我仍不斷發現到靜觀親職的不同新面向。有時候，我會擔心子女的狀況，尤其是在他們面對疾病、失業或感情結束等挫折時。我傾向於嘗試在這些時候再次照顧他們，或者介入他們的生活，告訴他們應該怎樣做，就好像我會懂得怎樣做。當然，他們真正需要的是，我信任他們的選擇以及他們在權衡風險與好處的能力，但這並不總是那麼容易。我知道如果我將他們視為一個完整的個體，並在愛中學會放手，那麼他們將會在需

---

② Potharst, E. , Aktar, E., Rexwinkel, M., Rigterink, M., & Bögels, S.M. (2017). Mindful with your Baby: Feasibility, acceptability, and effects of a mindful parenting group training for mothers and their babies in a mental health context. Mindfulness, 8, 1236-1250.

③ Veringa, I. K., de Bruin, E. I., Bardacke, N., Duncan, L. G., van Steensel, F. J., Dirksen, C. D., & Bögels, S. M. (2016). 'I've Changed My Mind', Mindfulness-Based Childbirth and Parenting (MBCP) for pregnant women with a high level of fear of childbirth and their partners: Study protocol of the quasi-experimental controlled trial. BMC psychiatry, 16, 377.

要時回來尋求我的關注、支持甚至是建議，這與我自顧自地提出建議是不一樣的。

為了讓自己能夠放手，我學懂了如何令自己安心。我記得當我十七歲的兒子要到印度作一個長旅行時（這是我一直想做、卻從來沒有勇氣去做的事），他自發地提議自己每週給我們寄一次旅行報告。這能幫助我更容易知道他是安全的，而且我還能間接地和他共同經歷他的旅程！孩子總需要空間來犯錯並從中學習。而我們也只能希望他們相信我們會在他們需要時提供安慰和支持。但他們只有在知道我們不會說：「我一早告訴過您」的情況下才會這樣做。

一行禪師引述佛教的基石「正見」(Right View)④，簡單來說，即是對現實清晰的理解及對我們的行動所帶來的後果有洞見：

「有時候，看到孩子做一些我們明知會導致他們將來受苦的事情，我們會試圖提醒他們，但他們卻不會聆聽。我們所能做的，就是在他們心中種下正見的種子，然後期望將來在他們有困難時，能從這些指導中受益。我們無法向從未品嚐過橙的人解釋橙的味道。無論我們如何描述它，我們都不能給別人帶來直接的體驗。他必須親自去品嚐。如此我們只需發出

④ Nhat Hanh, T. (2010). The heart of Buddha's teachings: Transforming suffering into peace, love and liberation. London: Rider. Page 54-55.

一言，他便能領會。我們無法描述正見。我們只能指向正確的方向。老師也不能傳授正見。老師可以幫助我們辨認我們的心中花園那顆正見的種子，幫助我們建立信心去練習，並將那顆種子交托在我們的日常生活中。但我們也是園丁。我們必須學習如何澆灌我們內心的有益種子，以便它們日後成長為正見的花朵。澆水的工具，正正就是靜觀生活——靜觀呼吸、靜觀步行，讓自己每刻都生活在靜觀裡。」

練習靜觀親職不僅永遠不會太晚，而且永遠不可能會有完成的靜觀家長——靜觀親職的旅程是沒有終點的。重點在於我們每天都要盡力而為。如果我對自己與孩子互動的任何方面感到失望，不要緊的。我會坐下來，專注地觀察孩子，留意這些互動和自己，給予自己慈心，並與其他也會犯錯的父母聯繫。然後，我將重新審視這些互動，並從中吸取教訓，讓自己下次能做得更好。

最重要的是，每天早晨，我都能重新開始練習靜觀親職！

練習

練習11.1 您的靜觀親職計劃

請訂立一個在日常生活中建立靜觀和靜觀親職的計劃，這個計劃可以先涵蓋一段特定的時間。如果您已經讀完這本書，並想將其當作自助課程使用，請您每週集中閱讀一章並完成相關練習。這將是一個歷時十一周的計劃。請在您的計劃中列明您每週將進行靜觀的次數、您將會嘗試的靜觀練習、您靜觀的地點、何時開始與結束等。您的計劃越具體，您成功完成的機會就越大。

請確保在您的計劃中包括靜觀親職的實踐，例如：您全神貫注地與孩子一起進行的活動，或靜觀大自然家庭郊遊。您亦可以考慮參加為期一天或更長的靜觀退修、參加瑜伽課或加入正式的靜觀小組。定期與他人一起進行靜觀練習，對培養您的意志力很有幫助，就像一起鍛煉體能、參加體育運動或減肥一樣。

將您的計劃掛在當眼的位置，這樣您就不會忘記，並會致力完成它。在計劃結束時，請您回顧一下進度。然後，問問自己想如何繼續，例如：承諾明年繼續進行靜觀練習。

附錄

十二條靜觀親職的日常規則

一

請緊記空中服務員的話：在給孩子戴上氧氣罩之前，要先戴好自己的氧氣罩。如果您不先照顧自己，怎會有能力照顧別人？如果您在花時間照顧自己的需要時感到內疚，請您記住，這樣做最終還是為了您的孩子和家人的利益着想。

二

選擇個人的靜觀鐘聲——您的嬰兒哭泣、您的孩子吵架、與您的伴侶爭吵、廚房亂七八糟。每當發生這種情況時，在您決定要做甚麼之前，請先停下來並專注地呼吸最少一口氣——吸入整口氣，呼出整口氣。

三、每天早晨起床前，請您專注地呼吸三口氣。或是花一分鐘專注地聆聽附近和遠方的聲音。您能聽到伴侶的呼吸聲、鳥兒唱歌、孩子醒來的聲音嗎？或者練習靜觀一分鐘，觀看您的臥室四周（或伴侶），好像這是您第一次看到一樣。

四、請您以初心專注地觀察孩子。看著他或她醒來、放學、吃晚餐、上床睡覺等。觀看並享受您孩子的一舉一動。如果您願意，也可以在您的腦海中「Namaste」（合十禮），意思是「我向您鞠躬」或「我向您的神聖致敬」。

五、在您與孩子或其他人的溝通變得充滿壓力時，請感受一下身體與您坐下或站立的地方接觸的感覺。留意您的呼吸。

六

請有覺察地聆聽孩子對您說的話，有覺察地對孩子說話。在句子與句子之間，呼吸一下。

七

將您的孩子視為您個人的靜觀大師，他是由上天派來的，教導您關於自己、孩子和周圍世界的一切。每當您面對孩子或親職有困難時，請記住這一點。

八

當您從學校或託兒所接回孩子時，請專注地走最後的幾步，或者站著停一停，全心全意地留意自己的身體、呼吸和腳底與地面的接觸。您準備好真正地與孩子重新聯繫了嗎？

九

練習有覺察地做家務、專注地餵孩子、專注地購物等。看看您每天是否可以創造更多覺察的時刻。

十

將靜觀作為日常生活的一部分——這是一件無論您喜歡與否，都會做的事，就像洗澡或刷牙一樣。靜觀一分鐘還是一個小時都沒關係；真正有關係的是，每天都花時間在靜觀墊上，並建立恆常習慣。

最後……

十一

請記住，無論甚麼時候重新踏上靜觀和靜觀親職之路都不會太遲。下一個呼吸總是在等著您，您和您孩子（您旅程中的明燈）的下一次互動也一直在等著您。

更多資訊

本書的章節與Bögels, S.M. & Restifo, K.（2014）. New York: Springer, Norton的《靜觀親職：精神健康工作者的指導》（Mindful parenting: A guide for mental health practitioners）一書中的八節靜觀親職課程，有以下關聯：

1. 靜觀親職（第一節）
2. 成為自己的父母（第二節）
3. 親職壓力（第四節）
4. 家長的期望，孩子的本質（第二節）
5. 破裂和修復（第六節）
6. 不論好壞時光，共享親職（第六節）
7. 訂立界線（第五節）
8. 內疚和羞愧（第五節）
9. 愛使人盲目（第七節）
10. 基本思維模式（第五節）
11. 終生親職（第八節和後續章節）

本書所描述的一些靜觀親職練習，有部分是在《靜觀親職：精神健康工作者的指導》一書中所描述的練習。在本書中所描述的靜觀練習（包含在聲音導航中），是參考靜觀導師、靜觀課程發展人員和研究人員的深厚智慧和工作，特別是來自喬・卡巴金的靜觀減壓課程、辛德爾・塞根（Zindel Segal）、馬克・威廉斯和約翰・特斯戴爾（John Teasdale）的抑鬱靜觀認知治療課程。我對他們的工作、他們的智慧、以及將靜觀減壓和靜觀認知治療向全世界推廣深表敬意。鑑於父母的忙碌程度，我希望本書的練習最多持續10分鐘，所以我沒有選擇複製他們的靜觀版本。這裡收錄的靜觀練習，是參考《八週靜心計畫，找回心的喜悅》①及《是情緒糟，不是您很糟：穿透憂鬱的內觀力量》②兩本書中描述的版本進行修改。想要嘗試這些靜觀練習的原始版本和較長版本的讀者，請在這些書籍及其網站中尋找。

這本書的英文靜觀錄音由英國靜觀導

---

① Williams, M., & Penman, D. (2011). Mindfulness: a practical guide to finding peace in a frantic world. London: Piatkus.

② Williams, M., Teasdale, J., Segal, Z., & Kabat-Zinn, J. (2007). The Mindful way through depression: freeing yourself from chronic unhappiness. New York: Guilford Publications.

師特里希・巴特利（Trish Bartley）錄製，有關特里希的更多資訊，請參見：http://trishbartley.co.uk/

而廣東話靜觀聲音導航由臨床心理學家凌悅雯錄製。

本書中可供下載的廣東話聲音導航：

聲音導航 1
靜坐一：靜觀呼吸與身體
10 分鐘

聲音導航 2
身體掃瞄練習
14 分鐘

聲音導航 3
靜坐二：靜觀聲音與思想
10 分鐘

聲音導航 4
三分鐘呼吸空間
4 分鐘

聲音導航 5
靜觀步行
10 分鐘

聲音導航 6
無所不觀的覺察
10 分鐘

聲音導航 7
帶有仁慈的呼吸
8 分鐘

聲音導航 8
靜觀伸展練習
13 分鐘

聲音導航 9
與困難共存練習
11 分鐘

如果您想進一步探索靜觀親職或靜觀，許多靜觀或健康中心都提供小組課程。

感謝的話

蘇珊·博格斯（Susan Bögels）

萊拉·佩羅蒂（Leyla Perotti），我的女兒和我的個人佛學導師，謝謝您幫助翻譯這本書的英文版！Pavilion 出版社的達倫·里德（Darren Reed），感謝您親自校閱這本書的英文版草稿、和對出版這本書的支持和指導！特里希·巴特利，您是一位了不起的靜觀導師，我很幸運，您願意為本書聲音導航錄製靜觀音頻，非常感謝！

靜觀的始創人克里斯多福·卓門、喬·卡巴金、尼巴伊·辛格（Nirbhay Singh）、利恩哈德·瓦倫丁（Lienhard Valentin）和馬克·威廉斯，您們啟發並支持我發展靜觀親職。我感謝臨床和研究同事Evin Aktar、Jeanine Baartmans、Ed de Bruin、Esther de Bruin、Eddie Brummelmans、Lisa Emerson、Anne Formsma、Joke Hellemans、Renee Meppelink、Dorreke Peijnenburg、Eva Potharst、Anna Ridderinkhof、Rachel Vandermeulen和

Irena Veringa，您們在靜觀親職的臨床開發和研究中帶來卓越的、有成效的奉獻和合作。

參與靜觀親職課程的父母，您們一直是我靈感的重要來源，感謝您們的信任。世界各地接受過靜觀親職導師培訓的專業人士，我從您們作為專業人士、父母和個人的坦誠開放中學習到很多。

我的父母喬普（Joop）和南斯（Nans）：我從特別的成長過程中受益匪淺。我的兄弟姊妹保羅（Paul）、格特（Gert）、科琳（Corien）和塞西爾（Cecile），您們是我成長的一部分，感謝您們的愛心和陪伴、無盡的玩樂和聊天。我仍然想念我們以往在一起生活的日子，然而誰知道，也許當我們年老時我們又會再次像那時一樣生活！我的孩子托馬斯（Thomas）、雷娜特（Renate）和萊拉，您們給予我生命的意義，與您們一同成長是我的榮幸！

www.susanbogels.com

譯者後記

凌悅雯　寫於2021年12月29日

在第一次接觸「靜觀親職」是2015年年初的事情，轉眼間已是第七個年頭了。猶記得Susan在香港帶領MYmind的導師課程時，那是為有過度活躍及專注力失調症或自閉症的兒童及青少年和他們的家長而設計的靜觀課程。因為我的專業是為有情緒或精神困擾的成年人提供心理評估和治療服務的，所以MYmind最吸引我的地方是為家長而設的靜觀親職部份。在參與培訓的過程中，令我印象最深刻是自我關懷對自身情緒的轉化。一件在生活中發生的壓力事件，原本還是在心中還是揮之不去，抱怨別人、怪責自己，但透過反覆的練習，慢慢為自己的心靈締造空間，學習與情緒感受共存，並給予自己關懷。雖然事件並沒有改變，但內心卻變得豁達，對待事情有了另一種視野。所以，雖然我並不是家長（我家中有兩隻可愛的小狗），「靜觀親職課程」當中的練習對我、對自身的瞭解和親密關係有著重大的啟發。

正因為感受到這套治療的美麗，亦觀察

到華人社會家長所承受的種種壓力，我便在服務單位試辦靜觀親職課程。在初次舉辦的小組中，有家長的子女是幼兒、小學生，也有家長的孩子是成年人。這個廣泛的家長群組證明中國人所說：「養兒一百歲，長憂九十九」精確的描述。在孩子不同的成長階段中，家長有著不同的關注。所以，作為家長會面對一次又一次的適應，同時也經歷著各種的情緒。我記得有一位家長，她的生活空間不大，沒有機會在獨處時練習靜觀，所以她唯有和四歲的兒子一起練習。雖然她未必每次能完成聲音導航的練習，因為兒子會嚷著要她做這做那，但是，久而久之，她的兒子也告訴她：「媽媽您少了責罵，多了笑容」，她也感受到和兒子的關係變好了。亦有成年孩子的家長告訴我：「如果她能早點接觸到這個課程便好了」。而我相信，有心不怕遲，更何況我們和孩子（或自己父母）的關係是一生一世的。

我衷心感謝Fine Wine Experience的Mr. Mike Wu。胡先生於2018年慷慨捐獻港幣一百三十九萬予「新生精神康復會」，讓我及我的團隊在香港推廣「靜觀親職課程」。課程培訓了百幾位本地的靜觀親職導師，並於2019年至2021年為社區各階層約900位家長提供服務。同時，我亦感謝「香港中文大學賽馬會公共衛生及基層醫療學院」黃仰山教授，一同合作研究靜觀親職課程的本地成效，以及臨床心理服務和 newlife.330 的團隊在翻譯工作上的貢獻。當然，我要感謝 Susan 和她的同事 Kathleen Restifo 設計了這套充滿關愛的課程，並信任我們將「靜觀親職課程」向大眾推廣。

在開始翻譯這本書時，正是全球受新冠肺炎疫情影響的時期，很多人都需要適應在家工作。我們不單在工作上有新常態，和家人的緊密相處也有新常態。我希望這本書能讓作為家長的您，重拾和孩子相處的美好時刻。

最後，我想感激父親對我的養育之恩。在您離世不久，我在您用了多年的錢包中找到一張紅色心心摺紙，那是我小學時給您的禮物，原來您每天都帶著它！雖然您不懂靜觀，但您是最懂得細味家庭快樂的人。哥哥、媽媽和我都很幸運地可以和您度過了幾十年的時光。

靜觀親職

在充滿事務的世界中，尋找存在的空間

作者：蘇珊・博格斯（Susan Bögels）

翻譯：凌悅雯

出版：新生精神康復會（中文版）

地址：香港九龍南昌街 332 號

電郵：ho@nlpra.org.hk

網址：www.nlpra.org.hk

臉書：NewLifePsychiatricRehabilitationAssociation

YouTube: 新生精神康復會

發行：新生精神康復會（中文版）

設計：Half Room

插畫：missquai

印刷：青塔印務有限公司

初版： 2022 年 5 月

定價：港幣 $200

國際書號： 978-988-19877-2-3

新生精神康復會網頁